倡导诗意健康人生
为诗的纯粹而努力

阎 志

主 编

我的天涯
中国诗歌
【第93卷】

2017 **9**

主　　编：阎　志
常务副主编：谢克强
副　主　编：邹建军

编　委（以姓氏笔画为序）：
田　禾　叶延滨　李　瑛
祁　人　吴思敬　杨　克
张清华　邹建军　陆　健
林　莽　路　也　阎　志
屠　岸　谢　冕　谢克强

发稿编辑：刘　蔚　熊　曼　朱　妍
　　　　　李亚飞
美术编辑：叶芹云

编辑：《中国诗歌》编辑部
地址：武汉市盘龙城经济开发区
　　　第一企业社区卓尔大厦
邮编：430312
电话：（027）61882316
传真：（027）61882316
投稿信箱：zallsg@163.com

目　录　CONTENTS

图书在版编目（CIP）数据

我的天涯 / 林馥娜等著.–北京：人民文学出版社，2017
（中国诗歌 / 阎志主编）
ISBN 978–7–02–012758–0

Ⅰ.①我… Ⅱ.①林… Ⅲ.①诗集 – 中国 – 当代
②诗歌评论 – 中国 – 当代Ⅳ.① I 227 ② I 207.22

中国版本图书馆 CIP 数据核字（2017）第 233664 号

封三封底——《诗书画》·赖廷阶书法作品选
本期插图选自 Herzog, Hermann Ottomar 作品

人民文学出版社有限公司出版
http://www.rw-cn.com
北京市朝内大街 166 号　邮编：100705
武汉新鸿业印务有限公司印刷　新华书店经销
字数 210 千字　开本 850×1168 毫米 1/16　印张 9.75
2017 年 9 月北京第 1 版　2017 年 9 月第 1 次印刷
ISBN 978–7–02–012758–0
定价 10.00 元

责任编辑：王清平
装帧设计：叶芹云
责任校对：王清平

如有印装质量问题，请与本社图书销售中心调换。电话：01065233595

LIN FU NA 林馥娜

广东省作家协会诗歌创作委员会委员、广东文学院签约作家、广东文艺评论家协会会员。著有《我带着辽阔的悲喜》、《旷野淘馥》等诗歌、理论、散文集多部。作品发表、入选于国内外多种刊物、选本，及高考模拟试卷、CCTV-10"诗散作者及优秀作品"栏目等。获首届国际潮人文学奖文学评论奖、广东省有为文学奖诗歌奖、广东省大沙田诗歌奖理论奖等多种奖项。

我的天涯

·组诗·

□ 林馥娜

我的天涯

在声音的交响乐中
我是惟一的安静

海在远处半暗半明，时吼时啸
鹭鸟独自将瘦小的脚，在沙里轻提、慢放

我需要一个天涯
用来放逐自己，用来收藏无法言说的流光

抓不住的指间沙，落向谁边
白羽扇动海风，双掌掀起波澜

波澜之上，舞台之下黑鸦鸦的头颅
这些茫茫涌动的椰壳

高 铁

以最低的姿势，进入
大地的腹部。并成为再次出生的婴儿

就像女人的人生
从桃红的荡漾到蔚蓝的静谧

安娜·卡列尼娜的火车，我并没有忆及

犹如夜郎之不知有汉

因为我的俯就，它获得了形而上的命名
——高处的铁
历史长卷上从此钤上金戈铁马的印记

如果轨道过于漫长黑暗
我便从身体里擎出一只油纸灯笼

织 物

独自练习在一条贯穿人生的细线上
行走。而不摇摇晃晃

我用诗之线编织珀涅罗珀之织物
在解构与重建中接通你来临的时光隧道

孤独并不使我懊恼
潜于线团中的你不时探出头来

递给我一些瓦片
让我在茫茫人世打着梦想的水漂

当我以近于无的水花
打出最远的里程

出来吧，与我对坐
对着虚空，我说

庄严的仪式

阳台上有一棵柠檬树
还有一棵百香藤
它们都来自我吐出的籽
和亲手的掩埋

长久不见动静的怀胎期
谎报了死讯
而我仍不断浇水
似是履行一项庄严的仪式

于是我知道百香的叶子
怎样由少女时单一的椭圆
裂变为成熟的三叉叶
而浑身长满尖刺的柠檬
也需时时防范啃食叶子的害虫

当我埋首于行尸走肉
或沉溺于人群的躁动
有时望望张牙舞爪的百香蔓
有时看看钉子一样的柠檬刺
便成为一项庄严的仪式

夜的洪荒

天与地在水面汇合
世界薄成一张玻璃纸
万千灯火标注此刻的万有共寂
多少生命在水上书写命运浮出的倒影
就像诗人写尽天下风云
只为活成一枚钢针样的诗
刺破弥天谎言

哗啦啦

要有一些虚设，支撑存在的必要
要有一些仪式，营造入世的虚荣
要有一些隐忍，粉饰天下的繁盛
还要有一股决绝力

把"有"这如橡部件
来个釜底抽薪

两颗花生在豆壳里接吻

他们锦衣夜行、他们赤裸相对
混沌的天地不需要任何条件的预设
与揣测。一切都是恰到好处的偶然
与必然。万物在黑暗中恋爱
在豆壳里接吻的两颗花生
以爱撑满蓬勃宇宙
他们的馥郁不必与他者道
他们的忧伤是大地的忧伤
晚安，世界！晚安，河山！

有－无

这无尽的夜里

有远眺有近观
有林涛之声有人间灯火
有隔空思念有耳鬓厮磨
有放不下的电话与呢喃
有默默的恩宠有炙热的唇语
有眼中的火苗有带电的抚摸
有羞怯的落日与疯狂的凌晨
有"须作一生拼"的死去与活来

▌有你

坐在虚空的怀里

六月，被暴雨与骄阳夹攻的草木
依旧一派天真
蓬勃伸向高远的虚空

这些我所种植并浇灌的植物
像我。赤裸着
坐在空气的怀里，成为时间的果实

诗 者

故居紧闭着
就像陈寅恪先生晚年的眼睛
两扇关闭的窗户深处清明如镜

宛若小说的虚构部分，人类的戏剧持续登场
真实剧情的遮蔽不可原谅。我念叨着"独立之精神，自由之思想"
犹如自身之紧箍咒

谁在挟正义之辞行不义之举
高悬于头顶的无形匕首。泥土上两片上下异处的脸
不同时代的恐怖具有相同的暴戾

建筑物与土地均有记忆，它的生命是现场的见证
先于人类而存在的细小事物，纵然经历洗劫
仍以无言进入历史、印证真相

惨白的残渣，血红的土地
这最后的沉默不语啊
从激素里虚长起来的光滑人，扭曲的灵魂如何挺直

草坡上母亲敞开柔软的乳房
轻轻与孩子交谈
乳汁连同声音汩汩流进幼稚的身心

他人的痛苦是诗者的痛苦
他人的爱是诗者的爱
我有哭的本能，也有笑的意愿

无法原谅真相，却原谅了自己一再看到丑陋
依然相信美好的无知
有一种语言是默语，有一种人生是燃烧

石匠的雕像

1

石匠是石头里蹦出的石猴子
自小就穿百家衣，食百家饭
他的委屈与快乐，希望与心事，还有那流不出的男儿泪
全都刻进了石头

桥栏上的才子佳人是他梦里的爹妈
花鸟虫鱼，飞禽走兽，朴素的美从他的锤凿中诞
　　生
万丈豪情由关公、赵云、秦琼、吕布演绎
内心的芬芳出落成手下风情万种的美人

2

对温饱的渴望，对美的热爱磨炼了他的技艺
他靠自己的双手成为一个吃国家粮的石匠
而他的财富也仅有这一份无法盈余的公粮
他不能娶他雕刻过的柔美新娘，也过不上想象中
　　的美好生活

他常常望着星夜的天空发呆
就像望着他从不曾与人道的梦想
有时他用小时候打架的拳头解决悍妻鸣蝉般的聒
　　噪
有时他撇开自己的孤独与孤独衍生出来的一群儿
　　女嬉戏玩乐

3

一条薯藤拖不动一串硕大的番薯
一份粮糊不住八张饥饿的嘴
为了分田播稻、种番薯，他回到他努力离开的人
　　民公社
再次成为一个贴近土地的石匠

沿着墨斗拉出的直线
他从顶点又回到了起点。他越来越卖力地干活
那一百零一锤才断开的石料
熬硬了骨头，耗薄了肌肉。

4

经年沉积的石尘硬化了他的肺叶
就像一把失去弹性的折扇
打开了，再也没法收合。妻的怨言也越来越狠
他已没法下田，做家务，由内而外的硬化正一步
　　步进行

妻炸雷般的呵斥他不再回击

他哮喘着把每一寸皮肤都琢成了石皮
儿女们长大成人的时候，他终于成全了自己硬汉
　　的雕像
仿佛他的存在，就是为了树起一个父亲的形象
仿佛穷尽一生的理想就是为了把妻的咒骂，改造
　　为无尽的悼念

万物伲寂

崖壁垂下来的枝蔓
绽满红红的小嘴
他们挽着臂，步伐整齐地阅兵
受阅的草木也静默若无
分列于两旁
他不时倾侧过来用嘴唇熨贴她的脸
她则把他的臂往怀里揽一揽
夜幕罩下来，河汉沉寂
星眸里有月照湖的天

能不能留在你的春天里

你爱上坡、爱下谷
爱湿润的林间路

一次次冲刺，一圈圈环山
一层层蒸腾的雾气

你说能不能留在春天里
你要把这片河山的每一寸肌肤都爱遍

可以，是的可以
就像一颗花生睡在豆壳里

你的吻带着松针微微的扎痛
绯红从你身上移到薄雪初融的峰峦上

删

删吧，写出的诗句
这被查封进废纸筐的思想
依然存活

如果语言也足以引起恐惧
响箭便已射中靶心
我想看的是，你们
如何用三寸之弓鞋绣履
缚住思想的天足

地球之外的星体

情人节的晚餐多色多汁
仿佛发情的妙人
诱人深陷食色之阱
某些被暗示的日子
就是冒烟的体温与湿内衣
紧紧地、紧紧地
以体贴的虹吸把你拽向无底的深洞
让你偏信某个怀抱便是地球之外的星体
携你飞向放电的极光

我们来讨论性感

贴近的唇与熟透的红樱桃
谁更性感
在抛物线的弧度与鼓胀的丰盈中
当你吮吸时间的果实
是酸中带甜或甜里裹酸
情不自禁的惊叹已作了双重代言
林中悦色
树叶之间掩映的酡红
天地沉甸甸地摇晃

从擦净的玻璃望出去

久雨后的阳光轻抚万物
争相出户的人们悦色盈屬
仿佛赴一场春约

前往集会的人是快乐的
怀抱俗世的舒适和可控的目标

每个人都有自己的精神支点
有的支点近乎虚无

遥远于天外又贴近于心坎

从擦净的玻璃望出去
冬日明媚，人世安好

最简单或最繁复的可能
藏在 A 面或 B 面

未　来

未来就是你，孩子
当你在远离父母的地方翘首盼念
我的爱深藏于指尖的每一次劳作
思念支撑起的日子苦中带甘

你看，天上有我们共同沐浴的月光
地上有顽强生长的小草
月光就是你，就是我
给予彼此无所不在的照耀与牵挂
而每一棵小草都是大地的孩子
都在孤独与风雨中学习坚强

你是我的蓬勃与葱茏
感恩有你，我们是彼此前行的力量
天各一方的努力与短暂相聚后的离别
均为了酿造明天的蜜糖

未来畅想

当我在抛荒的地里挖洞、垒窑
烤红薯，与蚂蚁、蟋蟀谈论梦想
城里的爸妈在架桥、叠楼
当流水线里的螺丝钉

阳光与月华轮番爬上小课桌和铅笔盒
日子随着作业本与书籍慢慢摞高
父母汗水滴落的土地，生长起未来的展望
垯邻温情，城乡一体
画笔下的蓝图已在心田交织愿景

经历与知识是无形的财富
把绿荫搬上高楼，以科学传承乡土

怀有乡心的新开拓者
将构筑起城乡之间的相互反哺

色

不知道骰子为何又叫色子
第一次学会操纵。尖叫的不是我
怂恿、喝采
玻璃杯用破碎的方式狂欢
灯光橘红。酒液淡黄。月辉冰蓝
酒色。月色。彩色。我选择月色这个词
色，因为月而美好
正如因为爱，情才更动人
它们的关系，是一只手指
搔动另一只手指

荼 蘼

1

一把壶，一个茶海，三只杯
工夫茶具的经典搭配
就像她一家，三五成群的圆满

绣花，育儿，待夫归
是她茶饭清香的日子
她何曾预想，生命就像瓷器
圆满只是缺陷的开始

这一天茶壶崩炸，陨石坠地
男人的墓志铭刻着：
他被他饲养的耕牛所杀
他回到他半生开垦的土地

夜静如死。她跨过栏杆，扑向永昼
她碰到一个人鄙夷、痛惜、忧伤的眼神
那人来了，从镜里：
哦，我没死。我已死过
她抱着自己，嘤嘤的哭

不分你我的人，没有预期便断然分离
花、草、树木泾渭分明却安然同生

缺陷是人生的真实啊
在天空与道路的深处
她成为最接近土地的人

2

三月，桃花灿烂
就像一场汛期侵入她的死寂
蜜蜂的尖喙与花蕊彼此勾引
漫天春色抽动隐秘经脉

昔日的调笑与娇嗔犹新：
不许乱想
就要、偏想、想要

而今此门中
唯美的孤傲高于肉体的喧嚣
她虽不比一朵桃花更有勇气
也不比一棵酢浆草更易折断

她以漫长的寂寞
杜绝无所不在的青白眼
赤█的肉体在深夜里祭奠她的盛年
那空荡的宽床上渐冷的花期

不贪求者坦荡荡
一棵贴地的石莲
也可以长成窗台上蔚然成障的雕栏
万物一旦对谁开口说话
大地便敞开了怀抱

儿女、房屋、田园、家禽、牲畜
草木、山谷、风晨、雨夕、星空
一切重新出现

3

汗水浇灌青菜、禾苗、瓜果
绣针磨薄的指尖下百花开放
当针尖在灯光下刺出鲜血，她轻唱：
十五年来——未上——梳妆台……

儿女们像杨桃树一样长大、结果
有的香甜，有的微酸

她不再摇摇晃晃走在田径上
土地被她搬回了家
她不再用老花眼穿针引线
沃土上种满鲜花

这些蟹兰、芍药、茶花、石榴、千日红、紫背天
　葵
就像儿孙们回乡般
挤满檐前、屋后、阁楼、窗户、阳台

拖儿带女的孙女们
这些与她当年一样鲜美饱汁的女人
窃窃私语着：
外婆更美了，像那蔷薇科带刺勾的花

她接过她们递来的茶
雍容、缓慢地啜饮
就像品味或吞咽着
她一步一步经历过的人生

从现在开始写下你

1

愤世嫉俗的青年
已步入中年的宽阔
你是那只虎，而不是虎背上的狐
从大男人主义蜕变为大男人
一条窄巷通向大草原
而枝头幼稚青涩的我，长成了沉甸甸的水蜜桃
生活多像一锅老火汤，任时间慢慢腾腾地煎熬
直至分不清你和我，水和乳

2

你学会了我的沉默
我也染上了你的唠叨
就让我的絮叨从这里开始吧
我的你，老茶的醇香胜于新茶的清酽
我更喜欢，从现在开始写下你
写下你沧桑已现的面貌，日渐宽厚的臂弯
还有你离家时恋恋不舍的转身

归来时迫不及待的轻唤

3

你的我花房贮满美酒，腹地罂粟怒放
如果不是美酒
怎能让你日夜沉醉
若非罂粟馥郁
你岂会说欲死欲仙
骤雨急吻、垄上跑马、激流冲浪
这一场又一场完美的暴动
绯红的三角梅，在栏杆外巍巍地颤荡

4

我们的儿子
调皮的小小男子汉
克隆了你的体魄，我的善良
还有自带的机灵与浪漫
我的你，你说他长大后
会不会学他故作风雅的老爸
给心爱的女孩吟一阕
"昨夜夜半，枕上分明梦见。语多时，依旧桃花
　面……"

5

当我们老了。我的你，我们天天散步去
从楼下的青石径走到岭南风情桥，绕过毛杜鹃、
　凤凰树
再到芰荷池、水晶门
那时你已没有灌篮的力气
我也失去了跳绳、跑步的灵巧
就让我挂着你
你挂着我，走到哪就算哪

他人的痛苦

今夜的天空没有星星
只有云絮滚滚压来
在黎明到来之前
她突然很想听炮仗的声音
一种淋漓的爆裂

她听到了。她听到
周围有惊叫声、嘈杂的人声、熟悉的气味
他唤她回来，他前所未有地哭

一些黑色的绸带缠住她
一些绿色的枝蔓牵引她
爱丽尔缥缈的精灵之歌在回响

她循着声音往回望
尽管伸手不见五指，坐起来是多么困难
尽管走一步多么维艰，裙裾磕绊

人们四散而去，包括他
她没有停下来，她一直走回她站立的阳台
脸上有大理石的微笑

另一个女人，目睹了整个过程
她把手挥了挥，神和鬼都不知道
她不拂落尘
她伸手擦去北斗星的七颗眼泪
她脸上带着大理石的微笑，纵身一跳

突然爱上各式各样的盘碗

她们有着长方、椭圆、四边棱
甚至不规则的造型
钴兰、天青、玫瑰紫的面目
傲立孤标
这些各有襟怀的盘碗
在日子的沙砾中闪着丝绸的光泽
当我把她们端上桌面
梅馥、雪羽从其中纷扬而出
骄阳在楼那边慢慢落下
母亲此刻应也如是
在无边的磨蚀中拎出羽化的部分

爱情 – 传奇

不管时空是否错乱
爱情无时不在越狱
海枯石烂破译时间的乱码

矢志不渝泅渡空间的局域

梁山伯懵懂的抑郁
与朱丽叶生死相随的痴恋
是生在艺术里的残
活在传唱里的缺
而时间的酵母，善于把一切膨化成甘
并献祭于古老的规则

长年噙嗫的一声叹息
将静水于死寂中击穿
七夕风云暗渡心的藩篱
激流掀起海的翻腾
盛大的荡漾，犹如眼前触手可及的真切
而熟透的克制，阻止着不可遏止的一抚成空

爱情，是活着的词语
用来诉说地久天长
今夕，就让残与缺突破疆界的屏障
在异次元的邂逅里重圆琴瑟，执手相暖于时空之
外

我要的如此之少

只是一杯茶
带着你递给我时宠溺的眼神
而我喝水的唇，是为了献出湿润的吻
每一个吻都是最美妙的语言
它是藏羚羊奔过草原
它是蓊郁的水上小洲岛
它是山顶幽微的夜雾
它是一朵桃花小小的芯在风中微颤
在夜眠与晨起时我把这杯茶又喝了一遍
我要的如此之少

有 居

幽径无人
一棵秋海棠顾自妍艳
它因无所旁骛的持守而
美得动魄。每一朵花
都有一颗小小的，居于天地之心

不管晓日壮丽，不惧风雨如晦
君来脉脉相待，君往独自默默

他像婴儿般睡去

扇动巨翅的天鸽，横扫琴啸港澳
遗下挟风带雨的劫后疮痍

他以扑火之心
去扑灭一场风暴的后遗症

没有权衡与表演
断树残枝的山堆是惟一的见证

那歪着脑袋在废墟中沉沉睡去
的筋疲力竭。就像婴儿柔若无骨的天真

火红的制服
包裹着纯洁的赤子之心

城市凸起而洞开的伤口
仿佛被这柔软的一刻所抚慰

飓风掠过古龙峡

漂流在山雨欲来的人间
偶尔接受一场巨浪的拍打
把三百七十八米的跌宕
摔进身体的深渊
险处的腾跃因而有了侠客的意味

风刃掠去墙上霞衣女子
若隐若现的薄纱
她栉比的脊背有飞龙显影于其上
因飓风的专制而萧瑟的事物
在他处敞现巨型机器所不能收割的生机

水在我身体拍岸

叹息桥上已无人可押
爱之吻战胜了古老的罪行

多少情侣在这里情定日落桥
忧伤与爱总是如影随形

运河上的夕阳
身边歇落的鸥鸟
无数次穿过窄巷的熟稔
随着维瓦尔第的四季协奏曲漫延而来

威尼斯的水
又在我身体一阵阵拍岸
我是临水房屋伸进水里的码头
你，把我收回去吧

莫兰迪的瓶子

有的瓶子已倒下
灌满生活的泥水

有
的
笔
直
地站着，充塞虚无的傲气

还有一些不断掏空
不断补白的瓶子
以 45 度的倾斜
拒绝圆满的
空洞

而在时间的眼里，这些
不过是一群
既不丑陋，也不美丽的静物

高处的静默

筵席已散，杯盘呈现并不狼藉的庄严
高处的静默如灵光乍现
先生在灯火中就座
仿佛启明星，于幽静处大驾迟来

喧嚣下的隐匿，人群中的游离

先生，是谁？
在霾幕下向天空眺望
风徐徐绕过一尊尊黑塑

不合时宜的严肃
在滑稽的世界显然可笑
宛若烟花燃放后的现场
洞开黑暗与璀璨的深不可测

鸟鸣托起了失眠

啁啁啾啾，一只、两只、三只……
它们小孩斗嘴般吱喳得欢
仿佛童稚的小伙伴

喧闹中的幽音把黑暗的深渊叫亮
借着这吉光片羽，我把辗转翻覆的身体
轻放在脆生生的鸟声里

而爸爸正耐心反复擦拭茶具，直到发亮
他用长调口哨唤回的小黄狗
也跑上了云上的窝

清新①，通向灵思的造化

1.贪郎山

一个贪字，带着乡土原始的汁液
就像擂茶与灰水糍，以沁人的植物香
让人贪嘴不已

被城市舍弃的习俗与粗糙之物
散发着自然造物的光华
我们来或不来
它都是最真实的存在

在虎尾村，我与光绪年间敞开襟怀的晒场
和屹立于陌巷深处、与贪郎山遥相对望的碉楼
保持一致的恬静

2.山居冬晓

在山居醒来。竹篱谱写的阳光五线谱
铺陈而至。天光与虹影在水榭上舞蹈

山间的吐纳带来通体如洗的清新
此刻，瑶台琼林莫过于此
而夜里的诵诗，声犹在耳
游弋串联的词语照亮诗性的时空

语言最美的呈现是为诗人所抒写
正如木头最好的去处
乃成为一架古琴，在悠长岁月里
流传高山流水的浅唱低吟

寻梦的人，游走于此岸与彼岸
栖居于永恒的林间，胸间的田亩

3.游桃花湖未果

错过是一种缱绻的系念
就像惜别是依依的不舍

雨天临湖思泛舟
冬日里勾勒桃花繁压枝

歌声中阿娇摇着的船
迷失于雨雾迷濛的深处

翘首凭栏的定格，在心里
多少友朋等待着呼渡的桃金莲

迈着碎步走来。那悬于枝梢的雨滴
已隐匿着呼之欲出的桃红

---

① 清新为清远市清新区地名，在诗中的应用各有新指向。

知卑微而不馁

□林馥娜

诗意是一种心灵的体验，它以沉默的潜存等待引发与萌动，不断地记录与反刍，仿佛是为了修炼另一个有别于日常生活的"超我"，那个携着无形的翅膀，随时准备自由飞翔的"超我"。于是，萌动开始了。

我对诗的定义是：诗是追索存在本质，体验心灵澄明的艺术语言。存在本质就是人与自我、人与人、人与自然、人与社会的最纯粹最真诚的关系，也就是文学所反映的人性与人道。这里的自我就是意识上的我，按照弗洛伊德的说法，本我是生理上的，自我是理性的。从诗的角度来说，"我"可以分为三个层面：本我（自然状态）、自我（有意识状态）、超我（有抱负、神性、诗性的状态）。我们追寻诗歌精神的过程就是一个从自我向超我无限接近的过程，这是在精神内核上自我修为的递进。

保持一颗感知广阔事物的诗心，审美地看待事物，便能体会到物外之趣、精神之富。视野拓宽了，物质的范畴也便有了更宽广的边界。我们所接触的物有自然物（树木、动物等自然界产物）、人造物（飞机、轮船、货币、商品等日常物质）与想象物（龙、凤、虚拟人物等精神图腾），还有集自然物、人造物和想象物于一体的艺术品（诗歌、绘画、电影等）。艺术品是一种审美的精神产品，无论是语言艺术还是图像艺术，它们都具备了"物里"的本质和"物外"的精神内涵和图腾附着，既是物质形态，也是精神图腾。在诗人、文艺家这里，物为器，用以载超然物外之道。好的艺术品，往往因其既能深入事物的本质，又能逸出而审美，焕发出诗的光采，并进而触动人心。

在时间这个永无休止的圆轨中，无论来自何国、何处，人类和万物都不可避免地被纳入其中。我们在高排碳的生活中也是时间切片里的一块工业废料。每个时代敞开来，都是漫漫时空中的一块横断面，人们处心积虑的小算盘和强悍掠夺的手枪在射向目标时，也射向了自己。而诗写能使我们在感知事物中柔软，在追溯过去中汲取生存的力量，在观照世事中解除自身的极限，并从而超越困难。思想上的活跃往往有助于生活上的淡定，以诗写给心程立下路标，是为了留下心灵颤动的痕迹，也是为了更稳妥地前行。其实人生就是一个不断见证、经历、处理突发事件，并将其命名为历史的过程。生命里的爱与痛，时代中的悲与喜，总会在文字里留下蛛丝马迹，互相印证。通过诗与思的敞露，我们得以看清自我、修正自我的价值观，从而把更适合人类生存的价值基准映射到更广泛的范畴去。

每个人都是投进时间长河的一块石头，带着自身的抛物线与所携带的日月精华。石头是胸中块垒，也是凝精聚华的玉石，人生就是不断将块垒煅造为玉石的过程。虽然人也不可避免地将成为沉入历史长河的石头，但我们至少可以在个人视野所能及的河段范围内滤去杂质，让特定的事件本质、特定事物的精华显影于水面。然而，鉴于"滚滚世情随棹去，一江春水旧犹新"之故，这满纸历史，也不过是"一江春水"的那点滴无足轻重的注脚。而知卑微而不馁，以无用致有用，也是一个诗者、思者的坚韧吧。诚如宋代朱淑真的咏菊诗所言——"宁可抱香枝上老，不随黄叶舞秋风。"故我以"人淡如菊"的淡泊和执着生活并诗写着。 Z

原创阵地
ORIGINAL SECTION

川　美　　陈小三　　李见心　　尤克利　　韩　途
周苍林　　向武华　　王志彦　　徐志亭　　马肖肖
赵马斌　　宋付林　　渭　波　　紫　紫

逝

（外三首）川美

我想告诉那个怀抱鲜花走向墓地的年轻人
你父亲不在那儿，那坟墓下面
只埋葬着他遗落的一些灰尘
真实的他，一部分埋在
某个深爱他的女人的心里
——在她活着的年月
一部分，被他自己弄丢了，或者
藏在连他自己也找不到的地方
其余的，拆成零散的册页，给了
包括你在内的亲人
每个人到头来都是那样一本线装书
书名叫记忆，书页比树叶
易碎，易腐，易降解
其真实性尤其令人怀疑，而且
天底下没有一处可以保存它的图书馆

而你是寂寞的

而你是寂寞的，独倚栏杆
暗淡的脸转向大海
——海有自我抚慰的蓝
海风撩起衣裙，花边似白色泡沫

而你孤单地行走在旷野中
穿过野花和蝴蝶的安静的客厅
你这不速之客的到来
并不使它们好奇，或惊慌失措

而你将痛苦煸炒，盛在盘子里
日暮后，自斟自饮
秋虫在花园弹唱古老的谣曲
至于唱词，你终是听不懂

而你平静地停留在一个时间点上
透过墙壁的相框，审视未来
你的椅子上，坐着陌生的女人

你留下的尘埃已被她一点点抹去

只 要

爱情没有条件可讲吗
我爱你，保不活爱这棵树
你爱我，来日方长，不妨一试

而我连蜜蜂的热情也没有了
不能远远地祈祷
只要春来，只要花开

我连花开的欲望也没有了
不如哀求小鸟，只要为我唱歌
不如哀求流水，只要把昨日还我

尽 管

所有的怨怼，不如意
毒蘑菇的猜疑
夏枯草的大面积厌倦
堆成铅灰的山峦
也抵不过幸福降临时的
一个早晨
你从田野归来
迎着初春的气息
身后跟着弟弟，猎枪顶住下巴
还有妹妹，手握一把野花
还有叫拖拉的狗，跑来跑去
他们的眼神落满我们的脸
像蝴蝶落满了花园
所有的怨怼，不如意
所有的平淡如水，如沙子
也抵不过五秒钟的一见钟情
尽管，时光老去

在拉萨的新树叶下

（外二首）　陈小三

高原之春比山下
高，一株青草
又高于我

山顶春雪融进泥土
汽车尾气散入柳端
这世界屋脊
柔软的柳条仍在打捞世界的沉船

圣城拉萨，磕长头者匍匐于地
游客从天而降
衣服崭新
清晰而高大

秩序井然的恶

妻子向我转述网上一个视频
斑马线上
一个女人被汽车碾压了两次
没有一个人停下来帮助她
她的话中用了一个词：
秩序井然
人们秩序井然地走过、绕过
那个倒在地上的人
因为我已经看过那个视频
我无言以对，我
同时是那个被碾压的人

那些甚至还没有学会排队却
秩序井然的人
还是那个交通监控探头

眺　望

出于无以名之的担忧
盯着电脑眺望世界
一小时，再一小时
直到头昏眼花
除了手中出汗的鼠标
我掌握了什么

我在担忧什么：城管与小贩
还是美国新总统？房租涨价
电费、水费，诗歌草稿
韩国的烛光集会发展成
烛光演唱会，而吾国，一年将尽
人民依旧在雾霾中面目不清

来到镜子前眺望自己
镜中旋转着一排字：
正在加载中，请稍候……
雾霾中的人民正在加载中

院子里无人，水缸里的薄冰上
几颗星星在眺望

木槿上

（外三首）｜李见心

看见木槿
总想起南方的庭院
一个高挑的齐刘海的女孩儿
她有着历尽沧桑后人情淡薄的紫

一日就是一生
她活出了单纯和明亮的死
坐在雨水的马车上
身体的陡峭加剧了她天才的反光

她抽出诗歌，每一首都是第一首
她暗自欢喜，雨水的皮鞭抽打在心上

写作蝉

如果你知道一只蝉在地下沉默十多年
才能叫喊一百天
你就不会嘲笑它的单调和跑调

你不知道你曾用沉默救过我
就像酷暑中黑夜是一种赦免
任亲人般的泪珠围拢我

我写诗
蘸着你灵魂泛绿的一点荧火
和我体内涌出的大面积黑暗

五 月

五月一到，树林稍显空荡
也有白花，就像繁花爆破之后留下的轻烟
更有灵魂的味道

金银花坚持着芭蕾舞的姿态
槐花坚持着自己的拘谨和团体操
与童年的拉锯战中，喂饱了多少日渐宽大的中年

野地的合唱团倒是正忙，蓝调紫音
二月兰越爬越高，升到了高音区
而马兰花开不是二十一了
而是四十七

公路边丁香已经唱哑，过往的货车让它蒙上灰尘
我刚想擦拭，又想，蒙尘就蒙尘吧
和那些还没来得及蒙尘就灭了的花比
或许更不虚此生

与物为春

你看见花开，是因为你心里有春天，比花开还早
多么好，二月的雪花正做着三月的飞花梦，樱花
    拍遍玉兰
整个四月我们都纠缠在花事中，连翘情挑桃花
五月一过，错过了牡丹，遇到了芍药

多么好，我的目光粘着花朵，你的镜头粘着我
不知厌倦，还嫌一生像春天、春天像花朵的裙子
    一样短
在这样蜂蜜一样的黏稠里，花香的轰鸣中
春天失聪，挪不动脚步
万物打开了自身的轻盈和重量

多么好，你的镜头对着我，所有的事物都是春风
    十里长
你的镜头不对着我，万物也是春光百丈高
因为我的心已摄魂夺魄，就是你学不会转身的镜
    头

尘　念

（外二首）尤克利

为什么把黑夜叫作漫漫长夜
有很多时候
我愿意留在里面长睡不醒
为什么把人间的日子叫作煎熬
我看见比我早一茬的人
临走的时候，眼里含着泪水
难舍难分

卯榫之书

在一本书的前半部我们是两根不同姓氏的木头
怀揣着相似的花纹，彼此留意
渴望交织
后半部里我们是一件涂上了油漆的木器
经历去角磨棱，卯和榫快意胶合
我们紧紧地拥在了一起，不分手，度余生
赞叹妙不可言的姻缘
内心的花纹，即兴制造出一些不易察觉的火花
生活的重压，也会让我们发出咯吱咯吱的
快乐的呻吟
直到天光暗淡，天马行空的字迹成了
分辨不清的小蚂蚁，我们的情分才融进暮色
但绝对比暮色更浓

雪山下

我去过那里
以一头牦牛的身体
搁置在石头和青草的领地
蓝天下长久地望着前方
冰雪静默，我无语
大海的声音来过
留下贝壳

有一个穿红袍的人来过
向我询问他的前生
我无法将看到的跟他一一讲述
我也抬头向雪山询问过自己的来历
雪山无语
只瞥见那人的身影，一点红
慢慢地融进纯白的雪山

青绿色的草地
也不仅仅是一种单调的颜色
它们在季节里呵护着自己
我在辽阔的雪山下
猛然想起了自己的身世

流水账

（外三首）|韩途

树木与门窗还未长出记忆，好消息远未到来
打烊的声音，还没有权利宣布这一天的开始或终
　结
下午五点，光阴中充满了紧急缝纫的声音

它使风马牛不相及的事物联系更加紧密
互相怀抱着，一个沉闷的冬天让人窒息
孩子们放学了，书包挂在脖子上，他们的快乐有
　些假

商店亮起了灯光，值钱的东西仍需要待价而沽
马路承受着车辆和人流的压力。刹车的尖叫，激
　起了
黑暗中路灯的勃起！

秉烛者

黑夜渐深，你手捧燃烧的烛
像捧着自己洁白的身体
来到我的身旁，为黑暗中飞行的暗器引路
我在火光的笼罩下写作
却无法写出心中的黑暗

心中的黑暗啊，你能把我的身体埋葬
却浇不灭内心熊熊的火焰

爬满丝瓜

这拱棚流露着女性的笑靥

这植被的花心在膨胀
但离理性的成熟还有一段距离

十月，所有的花蕊都沉浸于枝干的摇动
如果风更大更猛一些
月色就会沉下，为好高骛远的花朵铺路

当白昼合上疲倦的眼睑
我听见猫在叫春，有少女慌慌张张跑来
慌乱中忘记了少女的自持

一幕丝瓜的哑剧在上演。以青藤为弦
一片矜持的羽毛在弹跳
青春梦中归来，爱情丝丝入扣

核桃记

核桃的香味吹遍了故园的山坡
乌鸦失声，只好绕树三匝，择枝而栖
蟋蟀怀抱着白色的月亮
曲高的蟋蟀啊，撑起了一片白色的阴凉

流水在痛苦的流动中失掉
流水重蹈着自己的覆辙
落魄的游子，在秋风中捉住了风的尾巴

那些青艾一样的日子，长满怀念的艾草
怀念的头颅，是一颗颗核桃的头颅
痛快的思索的流水
正从那些木质沟回中悄然流走

一小片黑夜

（外三首）周苍林

从庞大的黑夜里
抽出身来
他是黑夜的一小片
一小片有思想的黑夜
一小片看不见
一小片正在行走或移动的
黑夜

溺 水

落水后
他身体里的鱼已全部回到了水里
只有打捞的骨头和灵魂
又重新回到了岸上

落叶飘在地上

落叶飘在地上
打扫干净后
落叶又飘在了地上
来来回回都打扫好多遍了
他一走
地上又有了落叶

他来过
又像没来过
扫走的落叶与重新飘在地上的落叶
看起来和他来与不来几乎没有区别
他来这里不像是在打扫落叶
倒像是落叶在打扫他

打扫寺庙的僧人

总有一些东西要落下来
让他看见，要他打扫
比如飘在寺庙台阶上的雪
比如落红，比如落叶
比如随风而来的泥沙与纸屑
香客脚下的风尘
比如顺手丢弃的身外之物——
一张看过就不想再看的报纸
一个挤干了水分的塑料瓶
一些内脏被掏空的食品袋
一地肢体不全的瓜果、小吃的残骸……
全都在进出寺庙的地上尘埃落定了
仿佛，它们也是赶来朝圣的信徒
在等着皈依
等着一个前来收集它们的僧人
把它们带走，为它们普度

人间滋味

（外二首）向武华

父亲住了三个月院
没有好转
大家征求他的意见
是不是回乡下老家去?
父亲是个明白人
立即坚定地说："回去!"
在父亲最后的日子里
他说他嘴里没有味
幸好是回到了乡下
用了整整一晚上
我们用黄豆禾的柴火
煨了一罐墨鱼肥肉汤
这是父亲最喜欢吃的一道菜
又咸又油腻
特别能解馋
父亲大概是过去饿怕了
一大罐的肉汤没有剩下一口
尝完人间这最后的
咸咸的滋味
当晚父亲就安详地去了
另一个世界

与禽兽私语

阴雨天母亲在院子里的一棵桃树下
边给几只母鸡撒谷粒
边商量似的对她们说:
"不要只知道吃
快开学了,也要晓得下蛋。"
完了还带威胁地补了两句:
"再不下蛋
把你带到镇上卖了
让人家杀了煮汤。"

在一块斜坡上
一头发情的公牛
正热烈地追逐着一头母牛

放牧的男人从躺着在草坪上跳起来
赶过去用鞭子抽公牛:
"下流的东西
她刚生了崽子你不知道吗?"
过了一会儿
男人似乎有点委屈地说:
"老子已经有好几年没有碰过女人了。"

在一部英雄片子里
英俊的男主人公
抱着一匹枣红色的战马
亲着马脸作了番抒情
"战争就要结束了,
那些牺牲的战士可以安息了,
国家会富强起来,
人民也会过上幸福的生活。"
枣红色的马傻傻地站在那里
当着三流的演员

暴雨之夜

你说昨夜狂风暴雨
疲乏让我睡得很沉
对这一切一无所知
我只看到暴雨过后的情景
被吹断的树枝
掉了一块玻璃的木窗
菜市场雨布紧裹的铁架
淋湿的老屋墙
穿着病号衣服发呆的女人
大片倒向湖边的油菜
原野上阴郁的天空
乌云像一支部队匆忙地撤退
一群雨燕龙卷风般掠过湖面
不知湖边野草深埋的小径上
安静走路的人是否受惊

光 晕

（外三首）王志彦

五月过后，蜜蜂仍在花蕊里淘洗
甜蜜的事物。一些美空旷之后，孤僻、羞涩
充满明媚，堆积在阴暗里

风吹树叶，树叶在鼓掌
雨打泥土，泥土在翻身

而此刻，我在家乡的玉米地里
广袤的绿，没有停顿。像虚词掉进大海
让土质的胚胎，渐渐有了海水的光晕

夏 天

天空炮制了一些截句，有闪电的
暗喻，狮子的心跳。更多的是人间
白白浪费的鸟鸣。风来，有谬误
雨去，也只是闲谈琐记，零星墓碑
真正涌动的，是芜杂的人心
把一条条无形的鞭子，悬在头顶
给捕光者一个远离春天的葬礼

初 心

那个冬天，更多的人抱盐取暖
在祖国的后院，雪花断裂于一个人的内心
他袖中的种子和马匹，隐秘而明媚

善德之源直抵沉水。在混沌的光阴里

他劈柴、酿酒、马放德山，他结庐、种田
和桃花生育了一大堆子女

山高水长，他用万物的枯枝搭起了
太阳当空的人生，他用火的余烬
温暖着四野的旧骨架

那个冬天，雪地里渐渐有了黑暗的通道
他把细微的入口和出口留给黎明，更多的冷和悲
   悯
留给自己，在寒夜的深处撞身取暖

怅然书

当落叶在大地的困倦中离开了枝头
当两个曾经相爱的人从此在别离中相忘

当故乡的炊烟成为浪子取暖的外衣
当你信奉的真理在骨髓中有了歧义

当倾覆的鸟巢被饥饿的流浪狗撕扯出最初的鲜血
当父亲在留守村里把汗水和泪水流在孙子的课本
   上

这是灰茫茫的尘世，大风即将来临
怅然中，我不可能给你花开的暗示

正如我耗尽一生，也无法将一个"爱"字
在火焰中拆解成一堆刀斧

未名之花

（外三首）｜徐志亭

阴雨连绵，听说永城还下起了雪。
我喜欢这样的坏天气，
它们可以冲走屋檐上灰喜鹊和它眼中的错觉。
远处的河流是一条灰色的斜线，
它们同时向两端奔流。
曹说，我们写首诗吧，为这嘹亮的雨水和唱。
也好，
陌生之美更美。
就像雨中未名的小花，
正用自身的美好化解着泥泞。

往日之花

窗子拒绝着风，灯火拒绝着夜色，
谁来拒绝这涤荡的乐声，
它高潮的部分足以让大地震颤。
干完这杯酒，流星已完成它疯狂的一笔。
道路的弹性由来已久，
此时它蜷缩在香樟树下，
像一条摘除了饥饿感的蛇。
远方干瘪了下来，栀子花的白像个误区。
夜色中的美人，
我已不能分辨哪一朵是去年的花。

无　题

我知道，在浓密的树荫深处
黑蚂蚁正死死咬住腐烂的物体
光线，从不到达弯曲的洞穴
它们只靠简单的逻辑来证明表象是正确的
我知道，黑蚂蚁是白色的，
骤雨之前，花香已落入疾风之手
风想抚平的，正是雨的本意

随遇而安

为了更好地生存，
枝条在它的每一个暗部点缀上美丽的花瓣。
盛大的渲染，
仿佛使命。
有时候连死去的人都会叫醒自己，
修改墓碑上的铭文。
而山顶的月亮，
也用它板正的楷体修改夜晚黑色的小篆。
只有知更鸟随遇而安，
它们从老树的阴影里蹦出来，
像一团团从不发声的海绵。

临江仙

大河上下，所有的石头都写着孤独的名字
夜晚映衬在水里的灯火
都是摇摆不定的眼睛，都饱含泪水
都是波光粼粼的眼睛
佩剑的人和执笔的人围坐在一起
语言就成了刀子，切割彼此的皮肤食用
春天的树都是岸边人家初养成的闺女
吹弹可破
失意的读书人从那些灯火中看到了
戏台上的出将入相和儿女情长

春草生

雨停在天边。欲说还休的样子
让我想起水在夜里的别离
那时风很轻，缓慢吹拂少年的衣衫
从开始走向开始经历了无数无意义的相逢
从一个季节沉睡到另一个季节
会做很多穿越一生的梦
有一种叫作少女的颜色
在冷风吹过田野后开始脱落
树上的麻雀也开始热衷于讨论理想和飞翔
河流松绑，天空清澈
未归的人在黑色的桌子上铺一张
蓝色的信纸，上面点缀羊群
时不时跑进窗户

在院子里洗头发的妹妹
抬头唤了一声门口的狗
头发上的水湿嗒嗒掉了一地
地上就裂开了鹅黄的缝隙

头发散乱的年轻人

头发散乱的年轻人
他没有一个像样的名字
只有日渐老去的母亲亲切地叫他
儿子

周宿渡

这样一个诗化的名字在一条柏油路上出现
多少有些突兀
只有这南国凄凄凉凉的绵绵雨
才还原了我对于"渡"的想象
周，一个以渡船为生或为乐的年迈老头
不然就是一处破落的村庄
但必定有处栖身的地方
此刻没有人问问淋湿的我打尖还是住店
但我格外想唤一声店家
来一壶烧酒二两牛肉
待我酒足饭饱门口那个老头你载我过渡去

原
创
阵
地

26

四 月

（组诗）｜赵马斌

雨 后

雨停了——
天空的伤口正在愈合。

远处的云从山间爬出来。树木隐匿于苍茫
群鸟，消失于苍茫之外

近处，一些花草
从矮墙上探出头。瞧着正在发生的一切

我眼前的露珠，停靠在叶子的悬崖边
一动不动。仿佛它只要一不小心，
整个世界
就会忽然跌落下来。

清 明

在土里活了一辈子的亲人，
最终睡在了土里。
他们像一盏盏在我们心上亮过的灯，火焰熄灭
之后，再也没有亮起。
活着的时候，他们像草一样躬身大地
逝去了，他们的骨殖化成了草籽
春风吹，清明到
我们就去看望他们吧，除去旧年里遗落的空酒瓶
　和灰尘
让新的草从坟上爬出来，替他们回头
看看曾经活过的人间，告诉他们正在发生的悲喜

麦

把一种植物割下来
扎成捆，叫麦束。堆成堆，叫麦垛

把麦垛散到场上，把麦束拆开
用连枷打，或用碌碡碾压，分出来的颗粒
叫麦子。剩下的
统称麦秸，或者麦草

用麦子煮出来的酒，叫麦酒
用麦子磨出来的面，叫面粉

过端午了，还在地里站着的，叫麦
麦子熟了，外出的人就要回家了

四 月

我想象中的四月只剩下一座孤独的山寺。
一个人路过时，春天并未在深山中老去。
桃花只在中唐时期盛开，而且只开一次。

我眼前的四月是一座小小的花园
囚禁着雨水的足迹。它有一个漂亮的名字：
湿漉漉的光，倒映着青青的草

前些日子它还小，现在有些长高了
像一个人落魄的样子

花园里的时间

各色的鸟，大朵小朵地开。
旧年的落叶，已化身尘埃。

月季花是一座古老的时钟，蝴蝶栖于其间
想变成它静止不动的钟摆。但行走的

并没有就此止步。一颗露珠摇摇欲坠
吹过天空的风，又从天空吹了过来

挥刀的人

（外三首） 宋付林

一把刀　锋芒毕露
挥刀的人浑身是劲　却在空舞
他不想将刀
劈向水　挥向草　砍向树
刺向那些手无寸铁的：猪狗牛羊兔
他也不想　快刀斩乱麻　割断几缕情丝
他更不想
放下闪亮的刀　假装成佛

他只想让这把刀
霍霍有声　施展一下刀的抱负
杀向强大的邪恶
杀向漆黑的夜色

照　亮

感谢此刻的阳光
将雾霾弥漫的冬日照亮
照亮低矮的棚户区
照亮高大的别墅房
照亮近处的精神病院
照亮远处的基督教堂
照亮南来北往的车流
照亮形色各异的人潮
照亮一只流浪狗暗淡的目光
照亮一只鸟儿自由飞翔的翅膀
照亮一个失眠但又清醒的诗人
写给春天的诗
和他踽踽独行的彷徨

低处所想

这个冬天气候寒凉
我不再去空想诗和远方

我只想：一盆火　一壶茶　一坛酒，一截火腿肠
我只想，阳光撕开雾霾
照耀在我的亲人身上

我甚至只想：天冷一点　更冷一点
冷得感动神，挥洒一场夜雪
在向暖的梦外
把尘世铺盖得白白茫茫

风吹我

风吹过来了
不知道这风
蹚了多少条河　爬了多少道坡
才找到角落里的我
它吹我
吹白我的发丝
吹弯我的身子
给我的身心吹满尘土
它还在吹
它要把我的梦吹落
才会偃旗息鼓

列车晃动

（外三首）｜**渭波**

列车晃动，我听到了剁肉剔骨的声音
列车一直在晃动
一直关押我的内心

过了白天
再过黑夜

这谁也避不开的铁器
在悬浮的时空里
包藏了不可逾越的喧嚣

金沙湾：一只黑鸟

你已经飞过　曾有的晨曦、露珠
悬巢的雾
被向晚的草叶收留

你已经飞过
湾里的沙粒孵化了你的空途

我不是面壁而立的树木
我只是暂时与你会面又匆匆告别的
枯落的影子

你已经飞过　你的黑
又一次沉没在不能返程的涧流

隐在山野

我是一个爱上山野的人
那些低于峰峦的沟壑
总有水流的去向
野茅疯长的秘密
飞鸟回眸的光影
一片云雾与一片树林的咫尺距离

我喜欢被落叶包围
岩壁上的裂痕、青苔、龙须草
已结出了我内心的空旷
和不可替代的血脉

在河滩

在河滩，我看见石头抬高了水
和鱼的呼吸　逆流而上的回程

水湄滋生的物种
都在不安中寻求平静
那只白鹭，立在滩头
掬水梳理它的羽毛

我没有打乱河滩原有的萌动
只是俯身采拾被水磨亮的石头

从生活的山谷爬出来的文字（外三首）

紫紫

他翻开泥土
芋头露出来了，搓干净上面的泥土
喜悦放满了箩筐

点燃一杆旱烟
吞吐几口
今天是墟日
他必须在天亮之前，把精心养大的乡土宝贝
送到集上

好像每一分收获，都能治愈母亲的风湿
都能给孩子添一件新衣
家里见底的油瓶也能添满了

想到这里他的脚步加快了
翻过那座山，前面就是小镇，秋风真好
一直推拥着他往前走

流 年

一颗雨从阳台滴落下来
打在石头上，瞬间成了水

雨落雨停，时光来去匆匆
归于平静，好像没有发生什么

我在客厅欣赏一尾鱼，儿子
端着一碗糯米酒鸡汤夸张地喝着

灯光映在他的脸上，透过红彤彤的光亮
我惊讶于外面的一块石头，成了一汪水坑

这么多年，我埋怨生活的艰辛
却忽略了，美好就是一尾鱼与儿子

就是刚才的一场雨，这些天使
将一块石头，滴出了水坑里的蛙鸣

像小时候

走着，走着，他就落后了
一条路我等了他无数次

我挽着他的手提醒，小心脚下的石头
像小时候他提醒我

我又说：回去下场棋，我让你两个子儿
像小时候他对我说的

夕阳西下。父亲的影子被照得越来越矮
越来越模糊

年 末

藏是藏不住了
抚摸着微微隆起的小腹
她无法预料
这小山峰是福是祸
几个月没了他的踪影
因怀孕公司借口辞退了她
长期寄钱给弟妹读书
也没什么积蓄
房租水电，房东催了又催
年近了，房东说：再不交租就离开
年近了，老家是不能回了
她站在马路边
望着来来往往的流云
想象着有一朵陪着她
哪怕就一小会儿也好

实力诗人
STRENGTH POET

张作梗
赖廷阶
布衣
弓车
李长平
导夫
李立
李之平
叶向阳
郭建强

张作梗 的诗

ZHANG ZUO GENG

口 琴

要发现她身体里有一座池塘的
倒影和三五只
鸣叫的鸟并不难。
——只需把她的发卡弄开，
在某款故事的结尾安装一个水龙头。

不过，仍有几个礼节性的
程序需要处理：松开星星的螺丝；
往五公里外的集镇寄一封暑天的信；
公开一个私人账号，
把系紧的安全带打进去。

夜空是必不可少的补充。这牵涉到
能否从水里钓出一座塔，
给栽植到对某个倾圮
之寺的记忆中。医院是如此之远，
倘若她从不知病为何物。

现在，一个悬置的平面需要转换——
光如何穿越光，到达吹奏的
口琴？如何倒腾她的身体，
方能恢复对一口池塘正常的认知？
鸟飞了，仍有鸟鸣撞击她的身体。

流 星

他的嘴角噙着一颗流星。
这滚烫的沙子，
来自某个无名山顶一块
冥顽的石头。

她站在他身后。当她一件
一件褪去衣服，
赤裸着身体，从
背后走向他，
流星飞离他的脸庞，
在窗口划出一条灰白的轨迹。

她抱住他。
她不相信流星总会陨落。
在着火的身体旅馆，
她要成为他惟一的紧急通道。

他的血液被撞击。心，
成为一颗流星的残骸。
巨大的窗口，像一条湿毛巾，
堵住他们的呼吸。

另外的山顶。另外的石头。
多年后，当他们漫步夜空，
所有恒星皆死于命名，
惟有流星，挣脱天空的樊笼，
在逃亡中捕获了永恒。

晨 曦

宽阔的鸟鸣。像在
树林上方，打开一扇光之门。

我创造的新词，暴露在这光中，瞬息变旧。

惟有田野上劳作的人和他们的劳作，
浸泡在发灰的晓雾里，
从不变形，永远充满活力。

多么奇妙啊，重复的动作竟创造出新的格局和景
　　观，
千篇一律的播种又带来新的收成。

他们比祖国醒得更早，比
股市、城管、税收、银行起得更早。
模糊的田野上，身影混同于风中的作物，
沉默轻喊着沉默，又将大地之力传递到他们手
　　上，
于是光之门打开，渐次铺开的树林上空，
宽阔的鸟鸣如晨曦涌来。

于是我放弃那些熬夜创造的新词，来到田野，
汇入劳作的人群。
真实的土地比弯腰的
姿势更低，比思想还丰腴，
掘开它，找到你需要的词和句子。

还乡：遇雨

又下雨了。
……这是返乡后的第二还是第三场雨？
滞留乡下简陋的旅馆，这凄冷、灰暗的雨声
多么匹配一颗没落的羁旅之心。
镇日，我读着波德莱尔，时间向前涌动又
慢慢退回到十九世纪的巴黎。

那时，正是这同样的秋雨，
纠缠了一个诗人的一生。啊没落的世纪，
没落的雨声，它们用恶之花纺着一个
诗人心中的诗句，
把它们捻断又续上。

……雨仍在下着，将昏暗的
景物从窗外投布到书上。我起身走到院落，
发现湖北的雨和江苏的没什么不同：
一律地从天降落，一律地毫无戒备和防范，
一律地，在地上寻找着归宿。

艺术正与此类同，
都是拜天所赐，尔后通过时间，在一代又
一代比大地还低的人心那儿找到栖所。

深　秋

深秋有若醉酒。它掏空人心里的繁华，
给人一种幻灭感。

每一条路都像剪不掉的尾巴，长长地拖在身后。
走到哪儿都撞到一扇涣散之门。
救赎和堕落殊途同归。
向上的鸽子，向下的泥塘，忽左
忽右的墟烟……它们合力架空我的身体。

拿什么定位存在感？深秋有若醉酒，
扶不稳想要摸寻的支撑之物。
我是否是一个内心的
瞎子，总是揭不掉外界这层遮眼罩？
——顺拐的月光，无知中修改了天空的方向。

抱着孤寂，像一片飘零的落叶，我想回去，但
回到哪儿？到处都是大地，但无处有家。
到处波光明灭，但没有河流和池塘。
我用狗吠辨认村庄。在颠三倒四的幻觉中，
呕吐出一棵枯草内心所有的胆汁。

冷风吹来，抱团的树影一阵紧缩。深秋有若
醒酒，额头从思想中凸出来，
触到一切存在的发凉之物。

草长进天空

沙粒上跑着沸腾的草茎。
风中满是草籽。

——以反落雨之势，
以火的方式，草长进了天空，
像洗劫。

月亮被遮覆。渗漏其间的，
是碎片化的月光。
——一只月亮水桶的
底部被草芽钻穿。

昏暗的天空。
草淹没了草。草分割、同构着草，
又更其汹涌地
演绎并繁衍出草。

谁是草民？谁是草莽？
草长进了天空。
——大面积、全方位的草，
啃啮阳光有如倾洒自己的影子；
有如赤脚之火走在
玻璃碴上；

有如难民潮，因为艰于迁徙，
而把呼吸塞满了天空。

悲伤赋

听我的，那些变成了薯条或类似于
粉红球菌状的东西，都会滑入
漫长的跑道，攀着飞机的影子升空。
"洛克比空难。"——我想正是这咒语所为。
有多少梯子能将云朵搬到地面呢？
雨水，有可能是一群转基因的鬼魂。

很少的鸡毛上天，更多的
鹰落回草丛。一个走在悲伤中的人，
"悲伤就是他辽阔的祖国。"
他走在一目十行的雨水中，旧铁器仿佛
一段绳索，把他的头颅带入井底；
——而悲伤从来没有浮力。

然而如何消停，假如生活是一枚
硬币，被连掷了三次？我见到过从

天上回来的人，一脸乱云飞渡，
也见到过言语变形，从地底钻出的人。
该把谁引为同道？他们同时在我的
身体中出入，一个是减压阀门，

另外一个必然是焦虑症；一个在说，
"听我的。"另外一个立马抽手走人。

那　儿

谁在那儿？
肯定不是一棵树，或类似于树的
一个人。方形的砖塔不利于
学术研究，不适于培殖瞭望孔，
窥到人生几何，但可以拓展
湖水生长的疆域，
直至波纹从塔尖涌出。

那儿是哪儿？
也许是一个废弃的蓄水池；也许
是风吹落的两节线缆，在"是"
与"否"之间摇晃。
当普遍的
绿进入公共领域，进而左右
墙壁对春天的认知，一个
苟活的结论便无需由死者说出。

现在，通过一个来历不明的"那儿"，
试着把树、人、塔、蓄水池、
线缆、春天连接起来，
一片湖水便倾斜着，没日没夜地
流进你的身体里。

赖廷阶 的诗

落　寞

你独坐一隅。看书。写字
想该或不该想的事
看看不透的人生
你试图把每一条路都走一遍
但每次都是半途而废。不是此路不通
就是遥遥无期，看不到尽头
就像墙角那只蜘蛛
脚下的每一条路似乎
都属于它，却没有一条
可以让它走出那张网

侵略者

苍蝇只叮有缝的蛋
对于那些无缝的好蛋，它们则无能为力
狼则不同，它们会挖空心思制造机会
它们的尖牙利齿，就是为吃肉而生
同样持有武器的野牛
因缺乏团体战斗意识
也常常成为狼的口中之物

羊的理想，就是有一把青草吃
吃饱了，便是最大的幸福
至于膘肥体壮之后，会有什么后果
它们不想去考虑。想得太远，也是一种痛苦
因此，它们总是
有意无意忽略掉狼盯梢的目光

侵略与被侵略，也总是
存在着许多有趣的现象

譬如，当年鬼子提着刺刀冲来的时候
很多人像羔羊一样地死了。一些人
却在刀丛间活得很滋润，也有一些人
如同惊魂甫定的羊，站在不远处
看狼，如何撕吃它们的同类

清明上坟记

草丛里的祖先，正在春风里酣眠
墓碑深陷着他们陌生的名字
纸钱焚化的火舌，舔舐着光滑的天空
鞭炮的爆裂声，撕扯着
春夏之交的沉默
盗墓者掘开的新土还来不及
用荒草掩盖罪责
你们的子孙，只能眼睁睁看着
你们碎裂的白骨，暴露在明媚的阳光下
他们都是一些循规蹈矩的人
惟一能做的，就是将那些
被贪念恶意翻扯出来的新土与旧骨
重新归位，掩盖千年前的疼痛与伤悲

三　月

花香里埋着先死者的骨头
日渐升温的欲望里包藏着司马昭之心
三月的大地藏不住雨水
一只蝴蝶长久在低温的相思里徘徊
花心的蜜蜂却不管不顾
一头扎进无边的花海
难觅影踪。三月
每一滴雨水，都暗藏着生与死的机缘
每一朵花，都是劫后余生的乡愁

而脑瘫的大地
总是迟迟走不出，严冬的阴影

让 路

小的让大的。弱的让强的
慢的让快的。等等。这是马路规则
就像现在，身后工程车
粗壮的吼叫让行人
慌不迭地闪到一边。这是必须的
否则无以平息它的愤怒
春天再美，也得给夏天让路
秋天再丰硕，也得给严冬让路
否则四季无法轮回。毛毛雨应该
给暴风雨让路
幸福怎能是不痛不痒的毛毛雨
蚂蚁懂得给大象让路
否则它就丧失了奔波的权利
小溪自觉给江河让路。村庄唱着
最后的田园牧歌，给城市让路
这些无疑都已成为共识
只有一只乌鸦
脑筋转不过弯，始终不肯给黑夜让路

桃 核

没想到桃花竟会有
那么粗糙的心。满面的皱褶比爱情
还要深刻。桃核，不光沧桑
而且异常坚硬，一如某人的铁石心肠
我很想看看，桃核冷漠的硬壳内
会是什么景象
她犹如刀枪不入的自闭症患者
须得借助破坏性工具
桃核才会如实招供
比如两面夹击的钳子，攻无不克的斧头
精心设置的局，桃核终于没有退路
在毫不留情的重击之下
守口如瓶的桃核
终于被迫敞开了心扉。出人意料的是
与壳俱碎的，是桃核
死守一生也不肯放开的

另一颗，柔软而不堪一击的心
但它苦涩异常，你惹不起它

初夏时节

像个青春期的孩子，逆反心理严重
情绪阴晴不定。雷声期艾艾
一只土狗儿探头探脑
舍不得从爱情的细节中爬出来
蟋蟀开始整理祖传的土琵琶。鸟啼被日益
繁密的枝叶遮蔽，细碎而隐晦
老憨荷锄走向田野
身影与嘴上的烟斗一样短
河流袅娜着腰身，如初嫁的女子
老憨不由得多看了几眼。无奈老眼昏花
如同雾里看花。他的心思
在不远处的自留地里。播下不久的种子
刚刚分娩，需要他的精心伺候
阳光有些刺眼
老憨压低破草帽，加快了蹒跚的脚步

滑 坡

一粒沙子从山头滑落，不会引起
任何注意。一块石头滚落下来
也难以产生预期的效果

这是雨水早就留意到的现象
所以他必须借助
闪电风雷，策动更多的泥石
扭结成团，集体哗变。飞流直下的快感
让无知的泥土和石头们
无视灾难性的后果

待其感觉到痛，感觉到害怕
一切都已无法挽回。发泄完快感的泥石
瘫软在地，像一个无法逃避的魔咒

春天的红眼病

此花看着他花不顺眼。恨不得

我花开放百花杀。常常是
红杏枝头春意刚一闹
李花就魂飞魄散
桃花初绽，梨花还来不及
带雨，就已谢幕。春天的红眼病
传染给了春风，于是满世界都是春风
狂躁飞奔的身影。一帘春梦无觅处
只有不知好歹的小蜜蜂
背负一身情债，四处献殷勤

每一株植物都有春天

有的植物性急，不等春风召唤
就急不可耐地钻出地面，吐出新芽
把对春天的倾慕
表达得淋漓尽致。也有慢性子的野草
要等雷霆和春雨反复催促
才肯慢吞吞拱破泥土
把大地染绿。每一株植物
都有春天。除非倒春寒使绊子
春天在路上摔了跟头，除非遭遇
百年不遇的春旱，让春天
在冬天的腹中夭折

悬而未决

春天的早晨是多么美好
鸟鸣不知是要飞到天上，还是落到地上
花朵将开未开

它们在等待蜜蜂或蝴蝶，殷勤的脚步
一切都悬而未决。冬天可以
大雪封山，也可以不下一场雪
一条路可以通向无限的远方，也可能
走不上几步就只能折身返回
大地余震不断，是因为
悬在大地深处的重压
始终未得到解除。一些人
提前在泥土中，获得了永恒的宁静
而更多的人，则依然在这个
纷纷扰扰的世间，等待命运最后的判决

世上没有不会拐弯的路

沿着一条路，一直走
一直走。其实是不太可能的
走着走着，它突然一拐弯
就改变了我行走的方向，此时
我要么回头走老路
要么就信马由缰，任由脚下的路
将我带向不可知的远方
要么就分道扬镳
踏上另外一条想象中的路
风可以随时改变行走的方向
而我不能。我不是风
只是一个世俗中的凡人，不敢随便
越雷池半步。世上没有
不会拐弯的路，直抵诗和远方
就像季节不可能
越过严冬，直抵春天的腹地

布衣 的诗

岩　石

岩石拒绝了泥土，也就拒绝了森林和野草
岩石把自己赤裸裸地呈现在世间。这是一种坚硬
　的事物
它直接对抗时间，证明时间有一个顽固的对手
是岩石把群山一再撑起。但它们沉默
如果它们接受敲打，它们就会发光
这再一次证明：倨傲的群山有一颗慈悲心

春　雷

它是春雷。它在云层之中滚动

仿佛它是一块巨石，而云层是大地
它滚动，发出沉闷的第一声
它是春雷，仿佛就在头顶，又仿佛远在天边
它隐隐作响，没有使用闪电作为前奏
没有理会红尘滚滚的人间。它是春雷
它没有形状，它用隐忍的声调呼唤——
蛰伏的虫蛇和种子，你们要出来
在春天里宣誓自己的主权……

尘　土

尘土是离开泥土的那一部分
它们细小，几乎没有重量
当它们被大风吹起，它们离开了大地，到达了天
　空
它们因细小而变得庞大
它们没有屈辱，因为它们是屈辱本身

它们随风而舞，有时遮天蔽日
当它们回到大地，它们又成为泥土
生长一切又埋葬一切
有时我热爱尘土胜过热爱一切
它们到处都是，我与它们相依为命

山顶上的雪

一觉醒来，发现世界一片白
发现远处的山顶戴上了厚厚的帽子
发现风里没有了一丝灰尘。一声咳嗽
一个孤傲的人吐出了带着血丝的痰
就一声。人世复归冷寂，哦，人世复归冷寂
群山顶上的雪兀自闪耀着光
像神遗落在大地上的一瞥

在周遭的黑暗中，我看到了更多的星子

我有着在春天的夜晚燃烧篝火的癖好
我喜欢为篝火添稻草与干蒺藜
我喜欢篝火把我的影子拉得长长的
把我变成了一个睡在大地上的巨人

但是，每次从篝火旁抽身出来，来到
火光几乎照不见的空旷处
我总是要眯眼呆一会儿，才能
适应周遭的黑暗。此时
我的心有着难言的压抑
似乎呼吸也像一个思想者
此时，抬头望天，发现在周遭的黑暗中
我看到了更多更亮的星子

野 草

野草在创造着野性之美。在春夏，它们狂放，恣
  肆
在寒冬，它们顺应着季节，交出了枯黄的命运

有野草的地方就有粗糙的思想。而众多的野草聚
  集在一起
就叫作草莽。萤火虫、蝗虫、螳螂、蝉……各种
  昆虫
出入其间，有着自己独特的快乐和悲伤
大山雀、叫天子、斑鸠、鹧鸪、云雀……各种鸟
  类
也出没于野草丛中，下蛋，做爱，在鸟语声中养
  育儿女
而猛虎出没于草莽深处：没有一个人看见过
但所有的人都听见了它气壮山河的吼声……

好多年
——怀父词

田野上，你不在割稻子的人群中
已经有好多年

尘世里，少了一个和泥土一样干净的人
已经有好多年

尘世里，少了一个和秋天一样干净的人
已经有好多年

枯 枝

一截长长的枯枝还在树上。它死了，可它
还在树上，前端已经腐烂，看上去就要被风吹断
它的四周生长着新鲜的叶子和枝丫，这增加了它
  的隐蔽性

它死了，可这棵树还活着。因此，它的一端连接
  着
健康的树的枝干——原本它们是一个整体

现在，一边是生，一边是死
它们有了区别——就像时间的过去和现在。是的
对于这棵大树而言，枯枝常有，而且必然坠落
但未来的新生也正在神秘的孕育之中……

稻 草

秋天深了
大地上雨水鸿蒙
尘土回到了根的脚下

秋天深了
神带着果实离开了高山
你带着爱离开了泥土

秋天深了
我看到了你无奈的情形
和一言不发的样子

秋天深了
深得可以装下清浅的河水、星辰的天空
深得可以装下劳作者的疲惫和幸福笑容

秋天深了
把你变成稻草的人即将老去一寸
把你变成灰的人，他的脸在火光中变得通红

秋天深了
你把金色的光芒收藏
我热爱你干枯的躯体一如热爱清瘦的故乡

秋天深了
你一死再死
故能轮回而生

桃花汛

一些鱼顺江而下，另一些则选择
相反——在这个桃花盛开的春日
捕鱼人可以随意撒网，打捞春芳
打捞那些春天的漏网之鱼，顺便
打捞春天的一些隐秘之境

也打捞那些散落在水面上的花瓣

河流两岸，落英缤纷
桃花汛如期而至
肯定有一些刻骨铭心的爱顺流而下
肯定有一些欢愉成为一则毛茸茸的往事
肯定啊，有一些沧桑翻滚成春水里的波澜

菜　地

深秋，凉意已重。河边的菜地里
白菜长得清秀翠绿，像模像样
小葱已高至三寸，胎衣还未化成泥土
在靠近河边的地方，蕹菜抱成团
似乎准备　水去到对岸
茄子和辣椒越来越小，越来越丑
就像我时常在菜地里忙碌的母亲
在秋声中又染上了一层风霜

广场上也落下了露水

露水也会选择在广场落下来。它无处不在
在一棵树的枝叶上，它聚集，然后消失
在草丛里，它会自行回到泥土
像一个流浪的孩子，重又回到了母亲怀里
在浩瀚星空，它洗净尘埃
似乎给这个人间换上了新衣裳

而人们在广场聚集，约会
跳舞，闲谈，买车，摆地摊，声音嘈杂
大人们在做大人们做的事，小孩子们在玩耍
黑社会在接头，暗娼在用手势和嫖客讨价还价
喷泉在宣示主权，无所事事的人则走来走去
而清洁工日夜打扫着各种垃圾——

食品袋，香烟头，落叶，角落里奇特的避孕套……
他们兢兢业业，一丝不苟
连同昨夜天堂洒下的露水也打扫得一干二净

带我到山顶
——与圻子同题

带我到山顶，我不看人世
只看越来越高远的天

带我到山顶，我不看落日
只看薄暮笼罩的群山

带我到山顶，我不呐喊
只闭着眼聆听自己的心跳

带我到山顶，我不看飘飘的云朵
只抚摸那些永恒的星辰

野　寺

一定有一座野寺，在我们找不到的地方
响着梵音；一定有一座野寺没有住持
但幸好有一个小沙弥在打扫惟一的院子
他还要挑水，浇菜，把山民供奉的苹果和橘子
送到二十里开外的尼姑庵
一定有一座野寺，门槛为青石做成
西侧的厢房安放着石磨，和晒干的草药
一定有一座野寺，香客不多不少
供奉的香火刚好够菩萨一天的伙食
一定有一座野寺，在山的南边
嶙峋的石头丛中，露出破败的瓦檐
一定有一座野寺，在高山之巅
眺望着我们冥顽不化的人生……

弓车 的诗

秋天生病了

我需要慢慢地走过收割后的玉米地
给一个个茬子缚上绷带，止住血

我需要轻轻地摘下剩余的棉花
那最后的体温让我想起了刚刚病逝的父亲

我需要挖出腐烂在泥土中的花生、地瓜
是不是正像医生切除病人体内的肿瘤？

我需要捡拾起遗落在地的南瓜花瓣
与南山的菊花一起制作成大地的花圈

我需要静待枝头最后一粒枣子自动落下
砸在我头上，让我的情感爆炸开来

我需要用瓢虫的尸体当纽扣
将我诗歌里的漏洞及伤口一个个系上，系紧

我需要悄悄地、悄悄蹚过我的西河
不让鱼虾感觉到秋天的心率正在慢下来

是的，我的心率也需要慢下来，慢下来
我鲁西的秋天怎么痛我怎么痛
我鲁西的秋日怎么死我怎么死

我的哲学

我的哲学说严谨很严谨
它需要循着24节气，一步一步地走
该生时生，该死时绝不拖延，且含着微笑

我的哲学同时也很简单、粗陋
随风偃仰，任牛羊践踏、车碾人踩
给点阳光即可，却又不屑去赞美

我的哲学看起来颇为深奥呢
它隐身在暗处，不接受风雨阳光的洗礼
不看世间的路标，静静地感知大地的脉搏

我的哲学其实很是肤浅
不计后果，不听其他哲人的劝告
该吃时吃，该歌时歌，死了就地裸葬

我的哲学一点也不成体系
有时汹涌澎湃，有时干涩枯竭，不成章法
从不站立，只是俯下身去，向下，向低

你看，我的哲学其实就是庄稼的哲学
就是野草、蚯蚓、蚱蜢以及河流的哲学
这没有办法，我的眼界就是这么窄
窄到西河村头一个稻草人的视野

残　春

你不知道麦田多么美
你不知道杨树、柳树多么美
你不知道四月的泡桐花多么美
你不知道东面树丛洒过的绿荫多么美
你不知道鸡的一声啼叫多么美
你不知道蝴蝶扇了一下翅膀
掉落在地上摔伤了的残春是多么美
你不知道我北方的大平原多么美
你不知道河流、羊群，以及
几年后将会消失的村庄多么美……

你不知道这些
除非你像我一样呆立着、呆立着
直到一只鸟儿决定在我的肩头筑巢

像风一样

像风一样，一一吻过去
不遗漏一棵麦子、一株玉米
从青翠吻到金黄，叼出一朵朵
棉花里的银
像风一样，俯下身来拥抱每一棵草
让每一棵树怀孕
而不留下踪迹

我已变得不再狂怒
不再吹起微尘，哪怕一粒
就让火苗在十根手指上燃着，直直地

现在，我像 0.001 级的风一样
倚在山坡上
是东篱外的南山
与最后一朵菊花谈一场恋爱
除了荷锄戴月归的陶令，谁也看不见

坐在风里

坐在秋风里，玉米那样攀起金色的
火炬，越吹超旺
像棉花那般，温顺地，被风
用一根手指拽出万千条爱的神经
如果是坐在春风里
我会紧紧闭上眼睛，去感知
破茧而出的蝴蝶，她翅膀的首次扇动
暴风雨来临，我就坐在十级狂风的
中心部位，挥动三千米长的闪电
剑尖恰好刺中我的西河
坐在寒风里，我赶制各种农具：
一人高的铁锨，十斤重的锄头
二点五米长的耧，八个齿的钉耙……
所有这些被废弃的，我一把一把地制造
我在风里淬火，凿木，锤声丁当响
我有的是耐心，让风慢慢吹破我的衣服

包括来世的，遮体的，不遮体的
再慢慢吹破我的肌肤，一寸一寸地
让风直吹我的骨头，吹出最后的牧歌

夏天，我的睫毛是麦芒

是的，太阳看到的，我也看到了：
播种者走进一扇扇紧锁的金色大门
我们脚下全是无用的钥匙和密码

蝴蝶、蜜蜂看到的，我也看到了：
无尽的大海，波浪翻卷的筋骨
叶脉里有大过银河的河流、三角洲

时光看到的，我也看到了：
每一株庄稼上站着一个天使
他不挖掘，他埋下无数的翡翠和珍珠

牧神看到的，我也看到了：
风，一级、二级的，留下了指纹
十级的，吹旺了炼金术士的烈火，和

我看破天地、看破爱的真相的欲望
对，夏天，我的睫毛是麦芒
我要保持眼睛一眨不眨
直到千万颗、亿万粒瞳仁，掉出来

黑白世界

把苹果的绿，去掉，红，更要去掉
不让云彩染上朝霞，不要披上绚烂的晚礼服
让我一眼看穿被欲望压弯的
地平线，就开始了平视

一眼看透蝴蝶的前世与今生
藏在向日葵里的钥匙不能是金的
树的愤怒、庄稼的绝望不能是紫的

现在我宣布，我不要过渡色
让我只看见白鹭，白鹭的翅膀，羽毛
只看见棉花，看见黑森林里的
童话，就开始了俯瞰

让我一眼看破花的谎言
看穿草褪去绿色之前的裸体灵魂
我跨过一条河就到了冥界，就开始了仰望

看见星星呵护着我和全世界的病人
银河系的，满天的，她们
都穿着洁白洁白的大褂

黑　暗

假如是这样的黑暗，我是喜欢的：
在豆荚里与豌豆公主一起做梦
与蚯蚓一起在泥土中吃饭、工作、休憩

这样的黑暗同样是我所爱：
在随便一棵树的年轮里爬行
迷失在它最初那一微米的创世纪；
作为一颗麦粒，被挤在粮仓的最里面；
被一只蚂蚁当作食物拖进蚁巢
但不是地狱，是我的天堂或曰避难所

被爱人吻得闭上眼睛；
佛帮我吹灭前世的灯笼

却瞬间刮起一千级的大风，将星月吹灭
我赤裸着身子迅跑，像射日的后羿

但我不挽弓，也不搭箭
手脚并用，捕捉最后一只萤火虫
任处在光明中的人，说我是疯子

读心者

小麦在冬天就读出了我夏日的爱情
它替我写在了大地上，用墨绿，一笔一画

玉米则最先读出了我的忧郁
它说，我给你包起来吧
时间久了，就成了黄金

棉花适时地读出了我交替的寒冷与温暖
也适时地吐出我的祷词与感恩

高粱读出了我的悲伤
那是当我走过它们的身旁
它们一一垂下头，怜悯在看着我

大豆只看我一眼，就将我所有的私密
一行四个字地装订成册，多是过失与罪愆
…………

是的，在它们面前我只能敞开心扉
它们是我的神父和牧师，我需要向它们告解
忏悔我对大地的轻慢，四季不停，轮回不已

李长平 的诗

心　问

风从山顶掠过
行走山脚的我弯了弯腰
这几年身体有些奇怪反应
会在孤石面前长时间站立
喜欢在树下静坐
看蚂蚁搬家
听鸟儿啁啾
与小草说话
敬重风雨
把白云当成亲人
对路上的行人念佛
不再避让泥泞和坑塘
我慢下来
不是要等什么
是我的心身已然疲弱
没有人无怨无悔
一个活人也无法做到无爱无恨
这一生是用来拼的
还是用来装的
譬如聚守与离散

变形记

许多时候
糊里糊涂产生的想法
是那么令我激动
赤身在大海上奔跑
徒手翻越珠穆朗玛峰
在悬崖上筑巢栖息
身边的小草受到了感染

憨憨地说，自然些吧
生老病死的历程本来就不长
有些人
没有真正看过一次太阳
心中却阳光万丈
没有在酣畅淋漓的大雨中经过
却把凄风苦雨演绎得那么逼真
颠沛流离带来的痛苦如影随形
我们一思考，小草就发笑
绝望就像绝壁
翅膀还没有进化出来
我们就纷纷跳崖

山中听雨

那团云抱住了山头
我就知道
一场真情的思恋
将在山林间恣意挥洒
雨中的山没有一丝凌乱
听着酣畅淋漓的刷刷声
我的心身被一种伟大的静穆占领

我也曾搂抱着尚有余温的父母的脖子
不停地呼叫摇晃
任凭我撕心裂肺
父母都静如雕塑
在如泣如诉的喇叭唢呐声中
我像泥石流中的一条小鱼
在喧嚣的狂乱中找不到一汪静水

山中的季节略显疲惫
在以静为主的色调里
蠢蠢欲动的豹子和多依树下邪乎的影子

都不敢靠近我
身后的神火庙
风雨中
在碎砖烂瓦里一点点遁匿
一种巨大的镇静
笼罩下来
气定神闲，远渺

焦虑症

丢失了一首诗
即使找回来
也成另一首诗了
就像有的人
决意下辈子不再做人一样
命运总是开玩笑
让我们离不开一些令人不安的东西
世界像个傻子
满不在乎的样子令人伤感
那个骑牛离开的人
心向荒漠
把虚无的沙粒铺到远方

腊月里的故事

1

从杀猪到吃肉
他都一言不发
仰脖吞下一碗酒
出门，山野一片漆黑
他才后悔不该把月亮也吞了

2

年三十，打工的丈夫正在归途
她把猪唤到跟前
给它挠痒
这三百多斤的身体就软软地睡在涨沸的锅边
眼睛微闭，很陶醉的样子
她把杀猪刀比画了又比画

最后找来一个木榔头
用尽吃奶的力气
稳准地砸向了猪头
她迅捷扎实了猪嘴和手脚
一屁股坐在猪腔上
把滚烫的开水一瓢瓢浇向昏死的肥猪
她汗流浃背
一直拿眼睛瞟大门口

3

黎明他就起来扫洒
把烫猪的水烧开
婚姻生活让46岁的他充满活力
今天是妻子的女儿大学放假回家的日子
他有点着急有点局促
设想着初次见面的种种情形
他把自己会做的那些杀猪菜放映了一遍又一遍
他讨好她家的每一只羊每一只鸡
甚至园子里的每一棵菜

他实在难以控制自己的情绪
他抬起头，惊慌中把初升的太阳
当作娉婷的倩影，不知所措

我的门

流云是悲伤的灵魂
我每天用高度的白酒来冲洗
日渐脏了的肠胃
西山顶上那个红太阳
我举起手机后就寻不见了
我瞒着蚊子睡觉
我瞒着虱虫做梦
一枚古老的铜镜
把一个真实的人变得模糊
被劣化的精神
是跛足的狼性
又遇雨天
没伞正好
我不想看到这每一个瞬间的任何动机
我一直期盼着能遇见自己
我的门开着

神灵来访，不用门铃

月亮就在山顶

月亮就在山顶
那片树林有云彩坠落
划过天际的那一朵飞花
我担心落在河里
那河水我已十几年没有喝过了

月亮就在山顶
山中那冢新坟
刚撒下的五谷夜里就醒了
它们一定惊奇
山川一片清静
好像不在人间

月亮就在山顶
千万颗星星就像千万棵树
在人们的视野里
消逝的
不仅仅是树
在梦里
他们经常去追赶云彩

哀牢山中

哀牢山中
我长跪于神火寺的废墟上
心被訇然撞击
身上的鳞片纷纷剥落
我下了一场浩大的雪

再睁开眼睛，空空如也
竟然不知身在何处
我不想问
我在世间消失了多长时间

看着整山的花朵我泪流满面
白竹山上的马樱花才砰然绽放
绿汁江边的木棉花已谢入泥尘
我在土掌房上弹四弦
小豹子身上的花呀撕裂了皮肉
我在江边喝酒
江石花开，乱了星辰

有块净土
我就会原谅世间的所有污秽和喧嚣

难　说

我的心与我的诗在一起吗
难说
昨天写的诗我今天就把它删改了
是心在变吗
难说
今天我的心死了
它不想让诗知道

甘泉旁，一个被渴死的人

今生只为遇见你

心中的灯一直亮着
身边的黑暗一直跟着
比起满天的星斗
一粒坚定的尘埃
只能随风飘动
没有惶恐，也不喊痛
我一直走啊走
明明知道不是回家的路
也一脸肃然地接受草木花石的敬礼
朝拜路上的人
把晚霞视作莲花
夜晚，像一瓶净水

导夫 的诗

DAO FU

然 后

当你全部的温柔和美丽
如自由散漫的花朵
向我难以抑制的性状绽开
我的欲望如雪原奔走的狼群
越过正午饥饿僵硬的空气
扑倒你春天忽然转软的肉体

我们在暗夜寂静空无的唇边
调适着十三种梦幻般的肌肉动作
它们像十三朵夏日避热的玫瑰
垂向彼此身体不引诱圣洁的波浪的边缘
此刻 我像一枚世纪铸就的
沉重之钉 从月光开始窥探的高度
沉落于你复杂幽深的黑暗中间
溅醒周遭轻轻呻吟的血液 然后
它们深深蹿入我永恒的灵魂
向着溢满渴望的清晨流淌

是 否

在一天的最初方向 你一如
阅世不深的漫游者 手中
抓住初潮忽来的太阳
立于银川的中心 当
麻雀与鸽子前后敲击心头的凉意
是否有更温暖的阳光在你脸上一一展开

正午如你而南 令人窒息的热浪
精心窜入城市狭窄的洒水车刺潮的丛林地带
你以燃透万物的姿态 从

北京路的东端 向西夏广场恣意飞翔
此刻 是否有
更沉郁的节奏在你骚动的胸前纵情地触摸

当夕阳如党项人遗落的牛角小号
悲美地下沉 消失的音调和色彩
悬挂在凤凰碑凉意渐临的上空
此刻 月亮没有变化 黯淡的光线
勒紧夜间放浪形骸的青年 是否有
更多丢失的男女灵魂 急欲返回

星辰羞涩淡出 街灯拾级而上
数着融入烟雨的些许的宁静
一只喝空的酒瓶不检点地迎风低语
城市的夜晚骚动着 与白昼
交换着老旧小区露骨的遗容
蝙蝠是否盘桓 搜寻着古寺诵经的余响
野狗是否觅食 撕咬着街边碎骨的灵魂

在公园

僵硬的粗粝的灰色而毫无性感的
水泥直道 忽然不见了
一棵棵整齐的槐树 欲望依然
扭入一条土石凝结的卵石鼓胀的曲径
秋天 没有依例充满夏天浓郁如龟头的华冠
不再荫庇金叶榆丝棉木和华北五角枫逼紧的睡眠

两棵二球悬铃木高大圆润如洪钟
停摆在曲径入口黄绿相驳的叶簇的乳房上面
无暇计数一张阳衰面孔 一只空怀母猴
以及一只某日失贞的秋燕的慵懒呢喃

纯情的鸽子郑重掀起异性颈部严肃的羽毛

华丽的孔雀为好奇的人群抖颤着暧昧的私部
猫头鹰眼如垂死　长臂猿情急骚动
几只从春而来的游蜂瞻仰着年轻甜蜜的簪头菊的
　　秋容

三棵高大的垂柳舞蹈在曲径的尽头
麻雀被置身于它们构成的一块宠物做爱的
林间三角草地　被如此尴尬如此古怪地
堵在它们周遭垂丝触及精斑的沉默之间

十二只喜鹊越过嶙峋而露骨的假山　在
离我四点七五米的地方八字分开　栖于残垣
这是我所要最后一次无须悲情地凭吊的
一座墓园　你们何须戛然给我荒废的安慰

如果曲径不存在白天的开始与夜晚的结束
如果将来等待我的不是一个从春到冬的将来
我宁肯被此刻的时间之漏无尽地分流　一如
死亡的叶片凭空坠击我一米七四的向上的肩头

年老的围墙背过油松散乱而寂寞的黄昏
裸身的月牙追随着银杏卓尔不群的美梦
我的影子被灰白的路灯从两股间捞起
遮隐着旧墙上孩子们今天新刻的划痕

48

现　在

我们坐在彼此的对面
吃饭　喝茶　品酒　聊天
偶尔　看窗外的星光在彼此的瞳孔闪动
其实　远处一片苍茫　全然不知

今晚　你我只是
刻意倾斜在
时间温暖的椅背上
恒常静穆　不想起身

巷口　好像有一棵冬天的树
精干　冷严　且充盈内秀
肯定还有一棵树　立于路口
硬朗　孤傲　充满欲望地贴近你的身旁

你需要回到下午日落的方向

其实　那是并不遥远的远方
这段路也是银川的一个开始
星光让我能认真看清你的形状

我忽然发现　去年　我第一次
留在你额头的深深一吻
现在
已开成我内心疯长的花朵
它指示我明确的春天复苏的田地
让我带一只滑翔心域并且透明的燕子回家

城市女人

你鲜活出炉
如工笔仕女
毫不逊色
驻足雨后新城

我的目光如千年沉滞之水
淤存于老钝而皴裂的皮框之下
无力运载你
抵达心头的罗马

车群　人群
从顺势张开的两片潮如阴唇的
城市街道中间
粗野而疾速地穿过

百分之十一的车　随从同性
百分之八十的人　显以群分
约有百分之九
性征模糊　不能确定

显然　当昨晚
云层放野　雷轰电闪　浓云诡集
城市风狂雨急行人尽数发抖
不禁神圣而战栗
如摩西登临西奈之山
与上帝立约之前
我和你们
没有指认同一条回家的轨道

可今晨　我们依旧

会在每日必经的这条闭如子宫的
狭窄路口
松弛地索然无味地相逢

我知道　城市以车为本
其次是女人
还有一些男人　立在百分之九以外
精心地打理着他们宠物疲惫的耻毛

此刻　秋叶抚摸着性感微存的夕阳
随风而坠　如年老色衰的纸币
饶有兴味地
逗引着失足低眉的少年

月
落
无声　星星黯然地端详着他们
坠入雨滴的被黑暗裹紧的泪滴

灯火阑珊　一股残流的雨水
窜过一颗昨晚疾倒的杨树根部的
青涩裂肋　从街边一块神色茫然的女人跨坐的
石板下　不知所措地流过
忽来的晚风
揭开她松弛的裙底
粗硬的石板在她因小失大的独身下
别无选择地望灯而笑

春天之夜

就像现在这样
我枕着你简单的素体
如同枕着春天之夜里
缺陷不大的纯粹的月光

你的睡眠如小小海豚的
自在王国　恬静　慵懒　美丽
在我辽阔无疆的双眼中
花蕊般细腻地毫无防备地展开

我感受到了出离母体后的又一次　被
赤裸交付于时空中的如此赤裸的生命
我轻轻捧起
你硕大圆润的双乳
如同捧着儿时充满想象的连环画
即便天色已晚　依旧不忍释手
它的另一侧　如未被月亮照耀过的
三月温暖的令人出离忧伤的阳光
捕获的表面　单纯而迷人
一如我不曾褪减激情的生命花园里
两颗神秘的果实
远离俗世深刻的浸染

快乐近在乳房　此刻
我只能这样
心灵颤动在
一个眺望朦胧生命的秋千上
在你荡达高峰的怀中
无懈可击地辨认它的温暖与气息
我
只能
像这样
尽可能
将你
抱
紧
不让一丝多余的光线
轻声透过你的身体　透过男女的边界
透过我们彼此共同见证的十三年之后的低语

李立 的诗

LI LI

梧桐山

也算是一方诸侯了
你暗暗使了多少年劲，向上拱
才到达这个高度

当初去见你时，绿树成荫，鸟语花香
没有保安，无需买票
你一身清风，沉静，自然
亲民

时间一长，你动起歪心思
要建寺，要请神
天底下多少达官显贵求神拜佛
该出事的不也一个不剩?

不做好自己
非要把周围搞得乌烟瘴气
逢年过节那求香拜佛的塞车长龙
分明是阻挡了民心的靠近

蛇口渔人码头

渔号子除腥祛味搬进宽敞阔绰的高楼
只有淡淡的咸腥味
还在码头恋恋不舍

背后群楼的阴影不断向你施压
熟悉的身影一个个从记忆里褪去
只有与你争斗了几十年的浪，常来串门
陪你唠嗑
当年曾被你亲手提携的鲜活生活

已经患上老年痴呆

远处有无数双贪婪的眼睛
正透过比房价还高的手段
以无钩无饵无形的钓线
盯着你

我偶尔也来垂钓
但拿不出像样的诱饵和足够硬气的钓竿
来钓你这肥美的大鱼

那一点渔火

海中那一点渔火，突明突暗
像我小时候追捕着仓皇逃命的萤火虫

我偶然见过那一点渔火
在红树林深处阴暗的角落
一对穿着电子厂工装的年轻夫妇
以低于市场半价的超低音
兜售着刚刚捕获的惶恐
月亮读出了他们一脸的疲惫
和一叶弱不禁风的扁舟

深圳湾是一张镀金的名片
是禁渔区
执法队隆隆的汽笛常在附近侦巡
有时候我真想学习当年的革命群众
给辛酸的生活通风报信
不忍心里的那一点萤火虫
再次消失

杨桃树

这南方的母亲，喜欢生儿育女
背上背着，怀里抱着，手臂搂着大大小小的骨肉
而满身的花，开得娇艳
不断诞生新的生命

疲惫，深藏不露
皮肤上早生的黄斑告诉了路过的风
你的艰辛

我指使了优生优育的黑手
掉下去的仿佛是你的眼泪
又好像是满脸泥巴和泪水的留守儿童
离开母亲的哭喊

你原本属于乡村原野
却被我迁徙来到别人的城市阳台
呼吸着汽车尾气和雾霾
甚至还会引来城市的麻雀
对你指手画脚
还有恶毒的台风，不时登门指桑骂槐

我咬了一口你的日子
有点苦涩，有点甜

高利贷

在东非马塞马拉大草原
我见过一群狡猾凶残的鬣狗
它们猎食一头在水塘喝水而落单的壮硕公牛
它们从公牛最骄傲，最脆弱的睾丸下手
把坦克一样威猛的庞然大物
放倒在地，那男人般绝望的哀嚎
像一把锋利的匕首，捅进我的心窝
但我什么也不能做
我无法左右大自然的法则
三个小时后，那头膘肥体壮的公牛
被凌迟活埋在鬣狗们的大胃里
剩下一副充满血丝的骨架，在阳光下流泪

在中国，我见过另一种野蛮的食肉动物
他们长得比鬣狗文明
他们咬文嚼字，甚至笑容可掬
他们比鬣狗聪明，因而更具攻击性
他们的消化系统跟鬣狗一样残酷无情
他们一般只吃活人，吃侥幸心强的活人
吃资金干竭不甘失败，梦想最后一搏的大活人
吃相跟鬣狗一样原始
也不喜欢吐骨头
偶尔有饮鸩止渴者从他们的魔掌中逃脱
要不九死一生
要不被扒掉好几层皮，难以全身而退

他们跟鬣狗一样三五成群，四处游荡
搜寻猎物
他们狩猎的成功率和回报率比鬣狗高
他们设计的借贷条款陷阱般天衣无缝
契合马塞马拉弱肉强食的自然法则
房屋，债券，股权，股票皆可打劫
尊严，私隐，血缘，人性皆被绑架
签名画押，当牛做马
4分5分的月息，一副沉重的脚镣手铐
扣息还款日，一道难以逾越的关隘
亲情和命运就像公牛的两个睾丸
被他们的坚牙利齿一点一点啃噬
幸福如同公牛喷涌而出的鲜血，奄奄一息

我也无法左右这场杀戮
患上白内障的猎枪，习惯了沉默寡言
我不知道那把可悲的水果刀，能否抵挡
鬣狗肮脏的生殖器，在年迈的母亲头上
羞辱我的祖国

韭菜

出身卑微
长得一副小心翼翼的模样

对阳光温良恭顺
对风言听计从
就算被风捉弄
你也毫不犹豫地选择顺从

你瘦长而弯曲的身影
像在土地上耕作的善良的人民
我们有着与你一样与生俱来的谦卑

你偶尔绽放紫红色的微笑
也十分内敛
像我们谨言慎行地过着小日子
却还是躲不过天灾人祸
在去年股市那场狂欢之后的绿油油中
我们都被包了饺子

萝 卜

本来是土生土长
是泥土的孩子
从小就吃着泥土的给养

你的手越伸越长
接过阳光的每一丝温暖
而把风和雨全推给泥土

沉默寡言的泥土啊
支持着你自由发挥的空间
哪怕自己的生活一再被挤压

你占有的地盘不断扩大
你把自己的欲望不断提拔
渐渐长出了优越感

后来，你便高高在上

像一些机构养尊处优的办事窗口
总是让泥土仰望

无辜的白菜

清热解毒，养胃生津
用老字号口碑作掩护
携带无色无味的暗器
直奔人们的肠胃

我相信你是无辜的，白菜
如果给你选择的权利
你会奋不顾身地选择烂在地里
做高尚的肥料

你却无法选择，白菜
像那些原本活泼可爱的儿童
罪恶的幽灵摧毁了他们烂漫的童年
并在撤运他们的过程中
喂吃超量的安定片
这些狰狞的同胞在贩卖未来的途中
丧心病狂地剥夺了他们哭泣的权利

你也哭不出声，白菜
抹上甲醛，乔装打扮
披着洁白如玉的外衣
潜伏到我们身体的器官里
伺机起事
我们却无法破译你与魔鬼的联络暗号

李之平 的诗

LI ZHI PING

鸟声惊醒落叶

关键词是：幽暗的楼道
我健身时间
非假日——
最安静的时候

这鸟声格外尖利
有节奏的，迫切表达
穿进楼道
撞击我

唤起我的空间感应
思维为之转弯
（并由此产生诗）

它的声音盖过人间草木
惊醒住宅小区里
春天的落叶
漫游的魂灵

每一个音步震频
都是一颗昏沉的心
滴着血复苏

杜鹃啼血
据说盘活多少爱侣
就有多少游魂免遭流放

电梯红字

等电梯

其实是等
时间运送空间的魔术

一个人站在电梯外
红色数字与你对峙
闪动，跳跃，
上上下下，磷火般
它们在奔赴自己的前程

它们其实是
我们不认识的魂灵
隔着很近的距离
偷偷观察着对方
让无法逾越的思想前行或退后

在能够妥协时打开门
停在此楼层的红色数字
如宇宙飞船点火的秒针
暗示离别和到达的未知

这路途，大家不会相认
也无须客套
空中的几十秒旅程
电梯与你达成默契

控制人心以及
离开地面的重力
让宇宙飞船
与地球保持恒定的关系

哪怕从天上人间的边缘
驶入终极之地
也是灵魂出窍时
到达最愉快的旅途

高楼上，一片叶子在我眼前坠落

不知游荡了多久
经过暖冬来到这寒春
这片叶子离开树
就思绪满怀

我看它未能黄透的身体
布满了不安的皱纹
那些条分缕析的命运线
太容易透露答案

它开始下坠
我的眼神跟着坠落
我本身也仿佛跟它飞起来

顺着它的轨迹忽而旋转上空
忽而漂游在底下的楼层间
这远离地面的旋转
让我感受到从未有过的开心

就像多年青春期抑郁后
二十三岁那年
我第一次在
北京动物园坐飞船

我对天上说，上帝，我终于上天
终于体验到早已忘记的
开心的滋味

海浪的撞击
——与共洪光宁波聚谈后

是的，我们已无法说出词语的属性
宛如在大海中奔波的海浪
它们追逐自己的归依地

它们只关心下一步
将被怎样的浪花
熄灭上一刻的欲念
并不留意对撞而来的浪朵

来自何方

彼此摩擦的一瞬
惊呼声被相撞的巨大电光淹没

事实上，它们只是心里惊讶过度
发现了彼此身体和命运的源路
秘密不堪一击

海浪撞击发出神秘信号
它们摸到了电门
光子神速退却
就像诗产生了

"人类抓获神性的瞬间
参与了宇宙的部分记录
诗无意中抵达永恒"

诗人的劳作

一棵树落下它的果实
所有的作为
在此刻变得很轻

你会小心翼翼
感受那即将
消失的真意

天空在春天少见晴朗
中年抑郁折磨一整个春天
诸多担心，也努力挣扎

在白天，会加速慢跑
帮收费站临时工夫妇
掘地种菜。只要有一身汗
心气就会快活

随汗水排出体内沮丧的颗粒
化作盐分在空气中告别
我想说，抑郁就是盐分
离开体内的过程

如同死亡离开肉体

身体正在变轻，灵魂出离
明月在变轻

欢乐颂

异乡与朋友走在街边
与言谈的聒噪和
心情的混乱比
莫过于偶然瞅到路边
树叶上的嫩色光斑

我注意到
每一片叶面都有细密的光
每一道光以绿叶形态体现

像钢琴上的十指
奋勇追逐音步音节的跳动
它们要连成一片
整合协调
才能成为一个合唱团

交响乐指挥躲在暗处
看着它们以各自禀赋
胜出或败落

也看到一只大手

将爱情打捞
正义托起
希望层层点燃
直到新的领空将它们安放
不再是短暂的游寄

寂静潜伏

他们在写同题诗《寂静》
我想，寂静本是安守自足
已经够静了
为何打扰它

写下它便已不静
哪能体验那永生的
静默和悄然

我写下这劳什子
凭吊刚刚体会的寂静
不咸不淡
不悲不喜

正好窗前
有什么飞过
像做贼一样
远去了

叶向阳 的诗

YE XIANG YANG

身份证

暗语比鸟飞得还低
黎明比黄昏来得更慢

刊有重要新闻的早报
被奶瓶当作废纸坐在屁股底下
昨天深夜发生了什么
为什么有那么多的人在黎明之前失踪

路上不仅有荆棘
还有长夜留下的影子和尾巴
一个白发凌空的人，在盲道上用拐杖散步
身后是一群史前的蝌蚪

在需要安静的时候和地方
警笛突然响起
万物探头，搜查开始
慌乱的是风，更加慌乱的是风中的人

我总是在自己身上
搜寻一个国家的身份证

霜 降

霜，比月光薄
命，比霜更薄
风，整肃一切，落叶开始缴械
古槐像失去亲人一样站在悲痛之中

天天都是"清明"的年份
洪水劈头就来，村子和乡亲被寓言带走

多少年了，泪水仍在暴涨
云，溺死在空中

黑夜在孤灯中闪烁
哭声在发电，暗语在发光
打动人的是冷漠
而不是热情

有些话是不能说的，沉默
也许并不是金，但可以证明你非一无所有
还是说霜吧，可霜有什么好说的呢？
霜，还是霜
命，也还是命

刻意留白的地方
被人肆意染指

错 位

乌云低垂，雷电的血压骤然上升
海在船的日志中航行
日志中的文字也能浪高八米
运动像活动一样合理

死亡保持着十月怀胎的活力
有人从寓言的母体出发，环绕现实一周
重新回到寓言的子宫

在一首诗里等待黎明
必须承担被夕阳偷梁换柱，还有
被所有人误读的风险

图书馆里
神圣的宪法与打趣的小人书

天经地义地摆在一起

秋 夜

一束穿过窗棂的月光
像请柬，摆在无人就座的桌上

我独自面对自己的背影
往事滚滚而来
苦，还有痛
堆积如山

身上有块疤痕
灵魂上也有一块，而且更大
但我从不示人，也无法示人

想说什么
不想说什么
都不重要，重要的是
怎么才能呈现"欲说不能"的"两难"属性

星光
泪水一样朝我奔来——
我不需要幸福
只有痛苦才能为我加冕

河

河，流到画家的笔下
流到一张不知水为何物的宣纸上
这是多么令人伤心的事情

河的源头
故乡一动不动，像一根钉子
把祖先钉在墓碑上

河的中游，风像鳄鱼
在帆上爬行；到了下游
死亡像海，茫然而又宽广

河水死在堤和岸的手里
死得那么温顺，那么千篇一律

曾经的号子，早已冷却
舵，也自尽在它坚定不移的方向里

只有决堤
河水才能信马由缰

一无所有

水都流走了
就像客人，更像财富
我像一棵贫穷的树
站在脚下可能隐藏金矿的大地上

黄昏是个吝啬的富豪
连空头支票也不愿意留下

街道沿着乞丐的双脚行走
日子像只空碗
那些曾经一日千里的白云
现在如同一团止血的棉球

世界还有末日
可我什么也没有

踩灭烟头

刚睁开眼睛
天就无边无际地黑了下来

路灯和点燃的
烟，帮我解读这座城市街巷的
细节

城中的湖，像往事
呈现于今夜的伤口，船在伤口的水面
航行，泛起的浪花像在
篡改历史

忧伤像风
感染所有摇摆不停的事物
教堂，让忏悔成为整座城市的地标

子夜的钟声
掀翻身上的夜色
震落的星星，变成明天早晨的露珠

我踩灭烟头
夜色踩灭了我

地平线

英雄已经谢幕
日子在回忆和寻找从它视线中消逝的一切
花，在爆冷门

农夫的腿上沾着泥
真理的身上带着血

别跟所有人走在一条路上
包括自己的影子，还有必须遵守的法则
否则，找不到创新的自己，和
崭新的日月

我想飞
不是因为天有多高
而是因为我被深埋过

黑暗，永恒的底片
阳光，常新的翻版

花掉下来

秋风吹过
花从寺庙的钟声中坠落

阳光走来
不，阳光离去
月光开始舞蹈，不，月光开始舞弊

青涩太久
成熟值得期待
持续成熟却恰好相反

花掉下来
女人绝经的结局

观　点

在一张白纸上
我度过了整个下午，窗外
应该有一场观点十分鲜明的大雨
但晚霞仍然保留现实的残局

窗口接管了一条远处的河流
我用心情控制它的流速

很多事情都被夕阳
放了下来
但船仍在履行承载一切的义务

未来，是一个
永远无法竣工的码头

我仍像那个下午
在一张白纸上度过
我相信那场大雨一定会来
只是观点，可能会变得十分模糊

郭建强 的诗

GUO JIAN QIANG

在叫你

在叫你　在叫你
在叫你穿过兴隆巷法院街莫家街市场和行政楼
　　和艺术馆
和一个在记忆里开合着不同隐喻的窗口

在叫你　在叫你进入另外一座城市
和另外一些人擦肩而过　那些神态和眼神仿佛
　　一些似曾相识的梦
在叫你　在叫你进入更多的城市
和另外更多的一些人　唱歌　喝酒　沉默
然后走得更远　走在郊野
走在草原　走在毗邻的戈壁
和沙漠　和沙漠之侧的雪峰冰川和远处的森林
在叫你　在叫你睡在一朵花里　和一声越来越
　　高的鸟鸣中
和白云之上和白云之上的天空　和更高远的天
　　空
在叫你　在叫你从天空下降之后的大海上醒来
在太平洋上的鱼鳞里醒来
在叫你　在叫你踏上西海岸无垠的土地然后走
　　得更远
走在郊野　走在草原　走在毗邻的戈壁沙漠
和沙漠之侧的雪峰冰川和远处的森林
和鞋尖前的影子和失眠的泼血的晚霞
和叹息一样的晨露

在叫你　在叫你
走在一层一层丝绸般的风里麻袋般的风里钢铁
　　般的风里
和狐兔的脚迹和候鸟的翅翼划出的圆弧里
和方块字的峻切里和字母的迷宫里

和你的此世和重重叠叠的记忆里
将醒未醒　即将倾入杯中的醇酒正在成为琥珀

在叫你　在叫你
水汽缭绕　万物花开
人生天地间　你是远行客也是招魂人

即景：倒淌河边

流吧，流吧，流吧
无论往西，还是向东
就算消失，就算黑夜
就算河床露出星星一样的石头

笑吧，笑吧，笑吧
活着就是微笑，欢笑，大笑
活着就是在寂静里拔节
就算只剩回声在草棵的脉流里盘绕

哭吧，哭吧，哭吧
一切归于哭泣：暗泣、抽泣
泪流满面地回家，夕光明亮
就像你在早晨嚎啕大哭着诞生

赞美吧，赞美吧，赞美——
河水里的天空、草原和微风
草原上的帐篷、牛粪烟和手提奶桶的你
藏狗卧在羊群边，万物祝祷

看着你

一起程
你就得了怀乡病

但愿路途更长些，让每一秒都长出骆驼草
德令哈的意思是金色世界
你的解说是家乡和故园
词根来自怀乡病

车在走
太阳把高原慢慢抬升，拉成大弓
旷原拱起脊梁
好像在调试角度，要把这些浪子和诗客
弹射到更解渴的远方

云黑了
那一鞭子一鞭子抽打古远的风
动作越来越慢，快要睡着的时候
跌进石头里，浮出被囚的一纹纹身影
落在字典里，成为一道道暗灼皮肤的笔画

在梦里
你陷入一个梦见过的梦里
三辆马车爬过丝绸般光滑的坡面
赶车的男子背影孤单
一枝青杨看着你

处　子

我们的帐篷竟被金冠落日
熔染成发光的宫殿了。
我看见你眼瞳中的我尽去瘢疤
又是一个灿烂的小人儿了；
我看见你剥去壳衣的鸡卵真如处子，
想必在我眼瞳里你也是个灿烂的小人儿，
一手持花，一手中的鸡卵播散青玉之美

河源——星宿海
一万片镜子映照，也在清洗
一万粒小乳房晃动雪水，没日没夜地鼓胀
一万张小脸仰起，诵读天空的经文

在斑头雁的注视里，水枸子果实垂落
黑虎耳草听到了什么，仄立雪白花瓣
哑子一样的路边青，满怀深情

沙子亮如宝石

甲虫褐黑背脊写着暗示

夜要来了，秋要来了
那前世回响般的长风，走走停停
飒飒飒飒的，飒飒飒飒的
万物心跳。

卡约村

在这里
犬吠撞落额前古榆的夜露
这是满身尘土的村野土狗
一声一声　用肺部拧挤气泡
它全部的力气就是要喊醒月亮：
这里是它的——它是泥土里钻出的狗

这样的自主感带着天然的蛮霸和紧张
隐约连缀起村河里流逝的篝火和喘息
三千年的人脸和脚步，爱情和枯骨
那些鲜血四溅的激战，还有贫穷的风声
卡嵌在土层里，剩下石镞、铜斧和粟麦……

一个一个陶罐似梦似醒
一片一片骨渣若有所思
而狗还在叫，一声一声
像是要咳出什么　也像在唤回什么

冰　原

而你必须相信冰原是灼热的。
你的影子大于或者重于你的步履。
你得呼唤或者制造声音：
滴水，舔噬，在梦境也得显示浓重的响动。
在你的期待里，颜色出现了：
是的，血液和太阳相像，皮肤就是大地
云彩沉落眼底，眸子带着星辰的黑蓝……
你的孤独饱满地结籽，葡萄沉稠，
你是其中之一……现在，你是石子，
你在石头里成长，你几乎胀出自己
——没有什么物质是纯粹死寂的，
你在融化，流动，灼热，还有更神秘的……

银碗盛雪

阿尼玛卿就是一只银碗
托起黑暗，捧住溅落的蓝星
酥油般沉默的月亮

另一只看不见的银碗捧护着高地
阿尼玛卿雪山抱梦睡在银碗里
冰河睡在银碗里　藏狗睡在银碗里

雪带着寂静，打开风的降落伞
雪落在银碗深底，也落在边沿
雪躺到银碗的身边

银碗和雪都在你的眼睛里
这天地，一会儿是银碗，一会儿是雪——
一粒雪珠从草尖滚落

恰巧掉在你的掌心里

天空下

一只甲虫沿着树干行走
褐色的树干之上叶簇如铃，红果垂悬
再往上鸟鸣婉转，须你细辨
更远处是云彩，很白——
云彩之上是天空，蓝色的雾气，蓝色的眼睛
我知道自己的道路和大海平行，是横着的
可还是忍不住在树下多伫立了一秒钟
透过细窄的绿色小窗，向上仰望一会儿
接着又仰望了一会儿

落　日

无数次被人们朗诵和默读的落日
无数个似是而非、亘古如新的落日
一遍遍改写着凝固的时间
却又从另一个深渊托举着永恒

反光镜中的脸叠积、更替、涌流
微笑的脸、狂喜的脸、沉思的脸、流泪的脸
背景是长河孤烟、秋林横雁
也可以是城市和海洋

而果实正从枝头脱落
黄昏的褐黑木桶发出噗噗闷响
你我之间，梦就要掀起清晰的泥浆

断　章

夏天，听从命令的候鸟们在树枝上列队
奇怪地扭动脖颈，一言不发
云层也来了，肥胖的身躯拖着石磨
沉甸甸地仿佛在冰上滑行
那些来不及刮胡须的人，在牌桌上沉吟
面色如茶，眼珠似铁
突然活了过来！又一次活了过来
或者说是在更迅捷地死去——
广告牌像树叶一样抖动，人间声息如水

这种场景重复了多少次，停顿也就有多少次
在每一次的手足无措中，烟斗怡然自得
在每一次的重复里，仍然带着性爱的新鲜

朝高处生长的目光，被身上的石头，
拽了下来。
巫师飘散在方形的叶子周围。
说：我把一座城池，
给你们背来了。

————《金沙》

金　沙

　　"又东北三百里，曰岷山。江水出焉，东
北流注于海，其中多良龟，鼍，其上多金玉，
其下多白珉，其木多梅棠，其兽多犀象夔牛，
其鸟多翰鳖。"

——《山海经》

从水开始，水便混沌。水中取出白鹳，
把鸣叫砍碎，瘴气一直乱到汶山脚下。

时间腐烂之前，一棵黄桷树了断时间。
黄桷树飞翔的刀刃，了断长发
和密布在女人与稼穑之间的脐带。

水淹没时间风化的踝，
时间跌倒在麋鹿分叉的枯草上。
水淹没荧光的腰，荧光死在兽皮，
还在流淌的胆汁中。
水淹没从未睁开过的眼睛，
眼睛死在死去的眼神中。她们相互倾诉，
把眼睛的死亡看作一条雌鱼游过的水。

汶山楠木上结果的巫师，用梦魇开花。
采摘坟头的手走在身影里，

指着坟头说：你无法逾越，
是血液里盛开的黄金。

站在拴着青铜的羽毛上。风一天天地老，
跌落在巫师说过的水中。
筏子作鸟兽散，
落水的旧人成了新的筏子，
被岸上的篝火敲响。
围着火堆的人是火分娩出来的种子，
是来不及分出性别的雉，扑腾时，
被洪水打折的鸣叫的骨骼。

岷江的断头台把影子拦腰铡断的同时，
一半被诅咒，
沉入江底，是腐烂的金子。
一半被咒语捆在说出的秘密上，
漂在哪里，便在那里生根，
直到发芽时释放出的所有已知，开始枯萎，
直到，重新死成沙子。

把死前的死，在水中漂洗成光，
抓住，又松开。巫师的拄杖，
生根，
一次次地魂魄散尽，又聚拢回来，
变成雄鸡的精血，密封在陶罐里。

在金沙，陶罐中的响动大于黄桷树
用猛禽铺过来的水。

大于陶，和绳索摁在水与土之间的手艺。

踢中清晨致命的霾。站在巫师睡眠的
旁边。把散落一地的响动捡拾起来，
重新响动。巫师翻过身
说：我说的话，是崭新的死亡

是你想象不及的沼泽，是你的前世。
睡吧。

二

"它们给了你什么？"
"它们给了我一个火种和一个釉陶护身符。"
"你把它们放在哪里了？"
…………

——《亡灵书》

睡吧。

蚂蚁在洪水的尸体上修筑茅屋，月光，
与茅草一同肆意。钢筋们舞蹈，
现实把钟声钉在摸底河的挖掘机上。

睡吧。

睡梦中真实的石磬。蚂蚁走出躯体，
把自己吐在时间的唾沫里。除去死亡
还会有哪种气息像她们一样弥漫开来？

第一夜：蚕丛的后裔
纵目千里。一千零一里的今夜正在苟且。
灯笼被性欲撕碎在光阴的胶套外，
桑树上的女人，用乳房和丝唱歌。
欲望递给堕落，坠得越快，
房屋建筑得越高。一切高于桑树的语录，
远离丝，成为石头腐烂后的傀儡。
多余的眼睛被敲打成机器的声音，
四散开来。岷山高高，
桑树的绿色越来越低。

第二夜：柏灌的后裔
与猿揖。与人揖。最后，与自己相揖。

揖，或者不揖。
石头中飞出白鹤的飞机，
让石头惊心。森林用钢筋的肋骨作伎俩，
遍野的肺气肿，
是握手的邻居，用坡度种植牛肝菌。
石头的刀潜伏在人体内，拼命地繁殖，
直到把天空中灌木们画出的牛，
坚硬得一塌糊涂。

第三夜：鱼凫的后裔
春天充电的鱼老鸹栖在栎木床头，
少一尾鱼，头便痛一次，直到
整个江河盛满独木舟状的神经病灶。
开屏的鱼，被服务生种在因果之中，
铁船除了寄托水草的哀思，还能
把欲望切碎成为新的哀思。
四肢无力的鱼，
用鳍躺在天上，给后来的人讲述雨，
和充过电的鱼老鸹在水中不停的绝望。

第四夜：开明的后裔
从水中来的，未必能回到水中。鳖，
在自己的甲壳上凿壁偷光，
时间把泄漏出来的散碎的死亡，
装在锡罐中想象。茶叶们，
用性欲挽留正在死去的水。
不能错过飞翔的夜色，和她遗在人间的
物种。树上结出的杜鹃搀扶着灯光，
一起合唱。女声部的天赋比淤泥丰腴，
胶质唱片躲过声音们坍塌的桥梁，
看着水在唱片上堕落。

巫师用荸麻闭上眼睛，抓住泥土的嗓子说：
太阳是一块可以升起的石头。

躺在石头身下的石头在冬天长出翅膀。
躺在睡梦中的暖，不停吞噬月亮。
恸哭在北风的口袋中，快速掠过四野，
像是刀砍在水中。

说：需要建一座永恒的城池，
用她的名字，保护你的子孙。

三

如乌山上采青石，
青石块块做墙面；
木西岭上砍铁杉，
铁杉作柱又锯板。

尼啰甲格万年椿，
香椿神木作栋梁；
锡普岩上炼白铁，
白铁火圈排用场。
——《羌戈大战》

大河的枝丫结出硕果。腐朽是一种天赋，
坚硬的部分用疼痛折磨果实。

城池是知道恐慌时结的痂。坐在食物对面
的楠，把树荫，
装进痉挛的眼眶。把无法淹死的树荫，
装进眼眶，又流出来，一层层地，
夯成城墙。

洗过的土是正在生育的女人。城池肥硕，
贪欲的蛇与绝望的蕨相提并论。
一根在水中行动的木桩，
把粗糙的念头钉在地上。鲶鱼游进城，
逢人张嘴，阳光盖在地上，
正在播撒种子。巫师和鱼的距离，
成为预言凋谢的白花。

朝高处生长的目光，被身上的石头，
拽了下来。
巫师飘散在方形的叶子周围。
说：我把一座城池，
给你们背来了。
我把自己还未熟透的名字嚼碎后，
吐在泥土里了。
我把我诅咒成你们的阴影，你们看见太阳，
我就在你们的身边。

在棕榈叶下种植恐怖。巨大的夜色，
用裹尸布的姿势安抚飞蛾翅上鳞片们，

群居的时间。
死去的树木，与从未间断过生育的泥土，
想要阻挡夜色中下滑的蝙蝠。

把果实的手掌印在泥上。地面渐渐腐烂，
麝在长角的气息中哭泣，
坠落的石块看着城池朝天空飞去，
一片片的歌声开始萌芽。

歌声把四散的尘土抽打出水来。
雪在聚集，与雪同样遗迹的恐慌，
用白色的嗓子四散开来。种子被唱出来，
一座城池最初的种子，
在白色的嗓子中央，被篝火烘烤。

巫师的躯壳被刚炼出的歌声的刀刃，
掏空。风在甲壳虫的翅上收敛力量，
制止的手势，指向哪里，
那里就是一座城的小辫。

沃野覆盖在水的呼吸中。
巫师打造成树权的钩子，站在他的绿色上，
一撩，巫师回到了巫师，
水回到了河，绿色隐身成为天赋的反面。

城好了。
把自己遗在尚未画成的墙壁。
把铜晒成影子，成抱日的铜人，小铜人。

给你们。

四

指着眉毛上的野蜂，
"你去悬崖上落脚。"
指着肚子上的麂子，
"你去老箐里生活。"
指着脚缝里的麻蛇，
"你到空心树里去住。"
指着脚板上的石蚌，
"你到沟塘里唱歌。"
——《查姆》

开始生长。青铜血管的痛是一座城的背景。
榛鸡的话语从水中滑过，背负透明的卵，
走在蕨菜绒毛的清晨。
水丧失声音，蛋壳的形游走在太阳与大河
　　的广阔瞬间。
掌上的铜人把惶恐安置为城池，
吸附在一罐水无名的时间里。水稻扬花，
开始引领城池的生长。
树梢上成熟下来的碎片，把光聚在一起。
黑暗是众多走不动的光，
偎在一起的温暖。

开始生长。巢的细节，按照呼唤太阳的
姿势展开，
在水中溺亡的，在水中永生。

水面的细节。翅膀弥漫成盆地的出处，
男人的面孔被风贴在大象的姿势中。
从风断裂的时间中抽出象牙，
从风的伤口中挤出鱼腥草深陷的味觉，
陈旧的褐色，与榛鸡笨拙的路制成药方，
浸进风向的不定，
成新的风向。洪水们纷纷死亡，
走在水中的象牙把一座城池，
挂在盆地的出口。

象牙蘑菇的盆地，陶器中大声说话的泪水，
撞击一条大河的源头。

鳞毛蕨的邪恶躺在水尸体的树上，
异见在裸鲤浑浊的船上开花。
漂浮的牙，行程滴落在大象们一片片，
撕开的光阴中。走在象牙前面的血，
是陶罐的白，最后呈现出的容貌，
泡在成为土的水中。
象牙的箭击中心脏，水的嘴唇把咒语，
一遍遍磨细，铺在鱼上岸的情景后面。
披着苔藓的天色，
把声音的项链挂在，
起伏的光线中，
成为所有箭镞噬过的血滴。

洪水的皮被木桩夯进洪水自己，包裹着的
雷声贴着大地飞奔。

开始生长。雷声的废墟长满黑色耳朵，
黎明漂在水上的裹尸布破碎成榛鸡
堕落的卵壳。
咬牙的洪水站在旋涡的时间边，
妇人死在蛇谗言的怀里……
用梅花鹿琐碎的曲调怀疑
洪水的骨骼，直到冬天的角埋在一座从未
移动的脚印下面。

五

凡岷山之首，自女几山至于贾超之山，凡十
六山，三千五百里。其神状皆马身而龙首。其
祠：毛用一雄鸡瘗。糈用稌。文山、勾㵲、风
雨、骓之山，是皆冢也，其祠之：羞酒，少牢
具，婴毛一吉玉。熊山，席也，其祠：羞酒，太
牢具，婴毛一璧。干儛，用兵以禳；祈，璆冕
舞。

　　　　　　　　　　　　　　——《山海经》

北方饮酒的星宿在楠木金丝的怀中微醺。
青铜沿蜀葵开放的路线漂浮，
时间们纷纷潮湿。
金丝的分岔处，捆绑着遗失的乌鸦，
用巫水的金箔止渴。
最初的咒语是女巫说出的黄金，和腰上
结出的巢穴。

蜀葵的路在五匹马的手上闪光。轻重之间，
水越来越踏实，松柏开始分科，
妖娆把水从地上扶起，孵成天上飘着的天。
一朵被蜀葵击打出的碎片，把声音的桨，
挂在梢上。水楠，
疾病意味叶子幸存的大小。

野猪驮着春天笨拙的雷声走过平原，
大象在三叶草眼睑的天空中
飞奔，数着过路时，
用黄楠树冠打盹的季节。
从染色的咒语中浸出来的黍，把牙齿
遗失在平原外套的褶皱后面。
雷声一遍遍地把整个平原搂在蜘蛛的怀里，

人们在黍弯腰的通透处
找寻嵌在青铜上的话语。

路过平原的月色，把根扎进结冰的声音，
麋鹿沿着时间的峭壁，
回到水，和黎明的鲤鱼精致的唇上。
想要拽住平原上升的马尾松，
用睡眠铺路，洒一层层地靠近笼子的
云朵，在黍脱水的手臂上摊开。

夕阳是酒朝上发芽的河汉状态。
视线的空洞足以颠覆云朵和猫头鹰之间的，
发辫。苇叶径直长到，
死亡最新抽穗的门槛，开门即暮色，
在关节上一笔笔地犹豫。
酒的长鬃沿黍从未走过的来路逃逸，
肌肉被平原扯成旗帜，马尾松疾走，
打开雨的松针把风重新别在平原上，风，
裹着夕阳的冰凉
在松球的言语中萌发新的死亡。

肺腑被奔跑的平原遗在后面，众鸟黯然。
青铜沿途播下的三叶草种子，
尚未抵达表情。
天色依旧呈现榕树上结出的象牙状，
大象高于平原的交媾声，成为月光深陷的，
青铜的凹处。

洪水死亡后蜕去的壳，
晾挂在布谷鸟寓言的前面。
风一次次地逼近，象牙走过的阔叶林
弯曲之后的树汁，从梦中浸出的
枕汁。壁虎，
引领所有人的睡眠跨过火堆。

洪水从整个合唱的女声部中伸出树枝。

六

"人的生命之树"受到原质能量的滋养，其
树枝上下伸展，感官对象是其树芽。它的树根向
下延伸深入到尘世……
——《薄伽梵歌》

模仿豆荚声音的瓢虫滴穿平原。
陶罐的画逼迫季节最后的缝隙。

菽用浑圆，诱惑长出的叶子，
和远山的途径。
棕熊的号子散落在出走的水中。
巫师在彩虹上筑巢，
取暖的烟长成的壁上四方的头发。

堆积在散漫言语篱笆边的菽，
从蝉翼的壳中弹开豆荚。蝉鸣一点点拉长，
时光，摇摇晃晃地堆成，
开口说话的垄。
把一句话撕开，烘烤，
成为岷江柏树的根，用味道遗传。

生病的稷越长越小，西边水路三千，
死一条，松鸦的爪便多一条，
木质的阶梯向车前子打着招呼。

撒向银杏树林中偷听的云，耳朵，
在稷的方向感中奔跑。
巫师收敛水面的波光，鹿皮梅花的带子，
像是春天的骨朵。

稷把松鸦的拐杖插进土中，胆怯飞向树荫，
种子拴住河的睡眠。
大地用繁杂的草区别一种叫作稷的植物，
直到无话可说。

飞翔的稻栖身酒筑成的岷江柏。
江水把唱歌人的路漂得很远。

脱下雨的蛙，
让野鸭孵化的稻壳鄙视成尚未命名的水草，

湖水是坐在大地上哭泣的女人。
一种白，折断在云朝西说话的途中，
睡在白中的占卜师，被鱼腥草的烟火
点燃。白越来越小，
直到独木的船发芽，在水中生根。

湿地是一粒水稻，把撑船的人，
用余晖放牧在水天的，
成色外面。芦苇被占卜师的雨淋湿
最后一双脚。

小麦栖在高处的枝上，泥土们纷纷而至，
鸣叫成熟的麻雀射向还在奔跑的平原。
只有一种姿势可以挽救成长，
譬如喊弯了河的垂柳，
正在吮吸灰色的背影。

小麦敦厚的手攥着河流，走上山冈，
走上被风吹空，壳的山冈。
风击中上一茬风，
空心的小麦在天气说话的地方出气，
直到雨季被麦芒挑出名字。

荍把土搬上来。
稷把土搬上来。
稻把土搬上来。
小麦把土搬上来……
杂乱的粮食用密谋的船把土从地里运了上来。
草茎的腰扶直了木头、石块和躺在地上的水。
一座城就地成熟。

七

"惟月孟春，獭祭彼崖。永言孝思，享祀孔
嘉。彼黍既洁，彼牺惟泽。蒸命良辰，祖考来
格。"

——《华阳国志》

陶罐盛满风和咒语。河中死去的女人，
把歌谣铺满整个水面，直到，
倒影成楠木上的金丝。一朵朵的火苗，
拴在天穹将要熄灭的地平线上。
歌声的爪，
黑鸦鸦地支撑躺着的呼吸，
像是森林逃亡的轮廓。

遗传黝黑的狞笑，在皮肤的大河上奔跑，
黄桷树说话的头巾，
死于河畔的阴影。种植一次葬礼，
城池在时间的篙杆上用诡秘刻一间茅舍。
河中的女人，
给歌谣织布，乳房沿着蜀葵的身份，
成群结队。像背着声音远去的蜂群

陶罐盛满火与畏惧。桦木垂死的睡眠，
密封在火光中间。
在荧光上生产的女人，把时间的籽，
打磨干净，依次叫出它们的方位：
七星瓢虫。
拨开水做的壳，和箭镞滴落在人们搭建的
抵抗中。水植于高处的黄金，凋零。

声音的疼痛喊碎的陶罐，潜伏在山丘，
女人在低处采摘翠鸟们啄破的春天，
喂养水的孩子，和北方的薇，
风拴着草丛上掠过的咒语。
喝醉酒的陶，坐在黄金的软处，
一声不响。

女人用下雨的合声部，把盛满痉挛的陶罐，
运到酒抵达的对岸。

犀牛在角上的思索夭折，水在鼓面上，

停顿。城池的低音部开出莲花，
女人潮湿的咒语，拌在阳光中，
催生众多的哭声。
找到金子，水中呼吸的鸟，用切开的水，
献出黄金的面具。
江水浩渺，江水的枝条上奔跑的雪豹浩渺，
成一滴溶入水的黄金背景。

比一朵蜀葵开放成黄金更让鼹鼠失眠。
蚯蚓，在开阔地的芬芳背面积攒咒语，
遗失的唾沫。
陶走在金子死后，一层层铺着的火焰上，
从岷江开始，直到制陶的手，招来手的
魂魄。

陶和人死去的声音，贴在金子滴出的，
那句空洞。

八

于以采蘋？南涧之滨。于以采藻？于彼行潦。
于以盛之？维筐及筥。于以湘之？维锜及釜。
于以奠之？宗室牖下。谁其尸之？有齐季女。
——《诗经·采蘋》

躺成河流的树，流进秋天，
时间在自己的硕果中丰满成时间。

黄金笨拙的雌鹿在平原奔跑。
琮中来路不详的咒语，
随占卜师疯长。
城池需要植物、动物、水，还有黄金感应，
或者炙手可热的话语。

盛产黄金的树在鹿驮来的路上昏昏欲睡，
用冬眠偷听女人贮藏生命的密语。
死亡灌注的树枝，击中，
乌鸦的信使，和她，
正在夜晚播种的黄金的私生子。

金子用蛙的叫声分娩，
用装载机割断青铜的脐带。

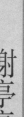

XIE TING TING

谢亭亭

　　1993 年生，湖南怀化人。毕业于湖南第一师范学院。执教于某乡村中学。作品散见于《十月》、《诗潮》、《诗歌世界》等。有作品入选《2015 年湖南诗歌年选》、《2016 年中国诗歌排行榜》等选本。湖南省诗歌学会会员。

祝福辞

〔组诗〕

XIE TING TING　谢亭亭

在秋天

我想，一定有一棵树
在赤裸地望
高粱醉得东倒西歪的样子

一定会有几片叶子
追着那些南来雁的叫声

一定有一杆芦苇
蘸着九月的晨霜
即兴写一篇雪花赋
或白头吟……

就像沅水目光弯弯曲曲
直勾勾地盯着　雪峰山层林尽染……

母亲的手掌只剩下纹路

沟壑。连老茧
都被岁月　吃光

曾经　在光滑的温暖里
咿呀学语　哭鼻子

冲成沟壑的时候
在深处翻腾　攀援而上

而今，手掌变成隧道
承载我穿越　一个又一个城市

掌纹　家的记忆越来越深
母亲与我的距离　却越来越远……

围猎现场

砰——砰——砰
围猎的枪一响　追山狗
便后腿一蹬　直往前冲

野猪、野山羊、野兔子
喘着粗气　满山乱窜
却窜不过狗的嗅觉和猎人的眼睛

它们中弹的皮毛
由红的一点　变成一大块
最后，红得不能再红的时候
就遍染全身……

它们逃窜到最后
一步两步　一米两米
气息。就越来越弱
弱到不能再弱时候
它就跪了下来　不住发抖……

那一天……

木工厂里的人说　儿女要喝血
才能健康长大　那一天
平刨机上　父亲用手指印破

那一天机器升温，木屑变红
父亲手指的断片残渣
就像营养我们的浆糊和肉末

那一天　我看到父亲的脸
蜡黄　蜡黄的
流着蜡黄的豆大汗粒

"没事　小意思"
那一天　我在血肉里感觉到
父亲！男子汉的高大……

境　遇

妈妈从木工厂　抱回一捆柴火
点燃灶孔　自来水也随之升温
半块铁皮隔开的洗澡间里
莲花喷头　洗不尽少年时光

很旧的白花色床单
几处油污　还依稀可见
破布棉被，堆叠在床头
不时泛出过时的霉味
枕头，中间已完全凹陷
据说是鸭绒，还挺金贵

祝福辞

跨了火盆，掀了盖头
喝了交杯酒，吃了喜糖，
受了邻里街坊的祝福，
往后，就是一家人了。

可要手牵手，心连心，

黑发到白头啊！
婚姻的仪式　这样肃穆庄严
简单，缓慢而传统。

当那一轮月探进花丛
光线吻落在床沿上，
柔和温暖而光滑。
敬畏之心　就油然而生。

感念生活的赠予
祝福每一天醒来，爱我的人
我爱着的人
每一个日子　平平安安。

蛊

你相信么？蛊
常下在湘西的三岔路口
比如

这里的人都知道，撕碎在路口的纸币
是通向阴间的买路钱，碰不得

可怜！一个上学的小孩路过
随手捡了一截，从此就蔫了一生……

为几株植物整理衣冠

搬大盆　小钵　像将军打理士兵
打理　几株植物

不经意　秋风中
它们发抖的毛发　拉塌着
又掉落了几根

像间稗　像清理母亲白发那样
剪除枯叶
像过细地打量　父亲的胡须……

然后，在矿泉水瓶盖上
打几个小洞　送上花朵的嘴唇
小心翼翼学做母亲……

留守

离异　丧偶　残疾，特异体质
痴　癫　呆　傻
这些像赶尸一样　阴暗排列
沅江岸　赶不走的阴兵……

还有那些留守儿童和老人
饭桌上　日记本
户口簿和老掉的缺齿里
无法填补的冷落乡村……

当一朵雪花　砸在
雪峰山的刀刃上
江湖上的那些云　那些朵
会不会像我的蒿吉坪一样心疼

弥留

老人，到一定岁数，
就像后阳冲山上的草木，
秋风一吹，就凋零。
死神，又譬如舞水的阴冷，
会一步又一步逼近。

每个亲人的离去
都很从容，棺材、寿衣，
石灰粉，以及挽幛祭文
和最后每一句哭丧的声音

几乎每一个去回的人，
最后一口气，都会悠着，
等外地的儿子，儿媳

孙儿，孙女，八百里加急，
赶到榻边，最后一眼。

就悠着　最后一口气，
等石灰铺满棺材底，
等九斤四两纸钱　烧完，
等八仙将灵魂　再风光一回。

麻三奶的一家

麻三奶的一家赶尸为业。
丈夫麻老烟　六十五岁那年
一竿烟窝
赶到沅江口就断了气
是长子麻老大，将他的魂赶回的
可不出三年，老大去洪湖赶尸
却挨了白军的枪子，
并安上"通匪"的罪名。
麻老二在十九岁那年
跟着贺龙下了湖
负了红伤的瘸子，只有重操旧业
殊不知，芷江会战当民夫
挨了日本人的炸弹
麻老三　只好赶回些血肉碎片
麻家祖传的活计
是在麻老三的手里失传的
只为一次碰上熟人
撕破了脸面　就上山落了草
一个个月黑风高的夜晚
据说他一把锅烟
把脸抹得比黑夜还黑
反正这些，麻三奶
听不见，也看不见——
就在老三上山的那晚
她用一根赶尸的绳　上了吊

玉珍 YU ZHEN

　　90后。诗歌、散文、小说等作品散见于《人民文学》、《大家》、《诗刊》、《青年作家》、《诗歌月刊》、《作品》、《青年文学》、《读诗》、《天涯》、《山花》、《西部》等。出版诗集《喧嚣与孤独》、《数星星的人》。

矛盾

·组诗·

向日葵

光秃秃的山坡上有一株向日葵
惟一的一株
在风中怪异地摇摆
它真荒谬
因为人头不会这样摇摆
因为魔鬼的头也不会这样摇摆
它的模样比孤独还要细长
看上去招风又危险
然而说到底它更像太阳并超越着太阳
它的孤寂太干净了
脱俗于整个山坡
太阳已经无趣地落下去了
每天落下去一次
而它永远在那儿站着

散　步

我的世界此刻在庭中散步
他很轻，像猫爪落在光亮的屋瓦

世界，从一张白纸中苏醒
一行字开始诞生一首诗

秋天正缓慢到达，三叶草上有露珠
一只夜莺停落在秋千架上
一个人推开了她的窗子

风很轻，世界很轻
人和他不认识的人们在散步

花　瓣

我往墨汁中放进花瓣，用砚石磨了磨
闻起来很香
更多花瓣被洒在水杯里，白纸上

这是用肃杀也无法形容的冬季
多少事凛冽如深夜的刀子

我将买来的蔷薇花瓣
缓慢地剥下，摊开在一张淡黄的信纸上
真美，我的毛笔字
平静如贤老

这是用肃杀也无法形容的冬季啊
多少事凛冽如深夜的刀子
我听见狂风拍打着窗外的梧桐

一首诗慎重地穿透了西风
躺在我桌上壁炉般温暖

写给谁的

这难道不是写给我的
完全不是，但充满我的影子

是的。总有人能在时间之外
写出未来之人的生命
如此相通，接近着永恒
多少年后还会有像我这样的人
用阅读令他重新复活

他的泪会滴落下来
在一个叫时间的事物手中
他接触到某个时代的往事
并预知不可描述的未来

日子进入永恒的寂静

当我推窗，世界之大依旧如常

一双手从水中钻出
它的舒适带着清新的疏朗
我变得不爱说话了，
拒绝他人无意义的往来，风还在吹着
日子进入永恒的寂静

曾有一枝蔷薇陪我过完一天
睡前我想起缤纷的往事
它曾如瞬息之火，坚硬之果
哦，最终不过如此

一切都如此尔尔
在我永恒的寂静中它们渣滓般沉降

风中的骏马

风中站着一匹光明的骏马
它的光芒在夏天之风中挺立
马鬃如倾泻的流光，马头高昂
两种卓然，因凛冽而融为一体

风中的骏马像我所向披靡的童年
他矫健的身姿诠释了奔腾
结实的肌肉从金黄马皮中
鼓出油亮的光泽
而骨头，风刮过的咔嚓之响
几乎能接近太阳

没人像我一样热爱一匹马的生命
一生都在向上，它站立，静止，呼吸
跟光芒一样美好，比黑夜更结实深沉
马眼中晃过我清澈傲慢的童年
瞳仁上羞涩的睫毛狡黠地闪动
而它如此谦逊，几乎一生谦逊
从四肢与鬃毛中矫健的优雅默不作声

当一个人耗尽了童趣中灿烂的跳跃
时间推着他走向拘泥而深沉的沼泽
只剩下一匹飞奔的骏马能解释最终的梦想

孤　独

走向我理想的道路一天比一天孤独
时间知道我从中穿过的痕迹
曾经表达的世界，愿有人能够看懂

以艺术为生的人，曾被艺术弄死
奢望语言的及物是徒劳的
我端详过我的时代

它虚空，神秘，看上去光辉如殿堂
其实比眼泪还要脆弱

矛 盾

我耐心走过的人生
充满着慎重，自由与全神贯注
一些是悲观，一些是与之对立的东西

我拒绝专一的人生被干涉与插手
拒绝不应该开始的爱
没有芽的春天
不足以迎接夏天

但我又在接受，不停认同
本需拒绝的事物
人总是寻找谅解，内心充满矛盾
它像是盲目的眼睛
盯着我横冲直撞的人生

火与水

风动是火但风声是水，枝叶间旋律荡漾
烈日是火而流光是水，行人中步影婆娑

摩擦是温度的母亲，最后的梦是灰烬
我们回忆，故人是烈火和眼泪

我的鲜花排斥大地的戾气，火的田野长出水果
山是火而树叶是水，一只鸟停在朴素的枝头

那些宁静啊，你们丢失已久
我一人站在湖边，风光无人理睬
热是火而热爱是水，人的初恋如此温柔
一生如此抽象，看不清结果

宁静是水但活着是火
死亡与之相反

牛奶鲜花

我起来了
八月的晨曦摊开在石桌上

那儿——茶杯旁几朵鲜花
旁边是牵牛和秋千架

有人曾爱我就像晨曦洒在我身上
莽撞的少年走向温柔的静谧
他们想得到将鲜花与牛奶搅拌
将八月与星辰搅拌
那一种芳香如今尤为慎重

晨光短暂如一生的童年
秋天的花珍贵，黑夜的星珍贵
我的清晨琴乐般动人

最初的世界

当我平静的时候
像一片雪悄然消失
铁中黑色的核心
归于寂灭的原初

一千种声音中惟一的相似
是万物酣睡中的呼吸
当它们停下，歇息
像喧嚣终于闭嘴
回忆，分析
并由它生出思想

此时的世界才是我们的世界
它的严肃像正在结冰的水

光芒隐退

一生会如何过去呢
我还没做过什么

海浪起伏，鸟群高歌
微风吹来鲜花的香气

我想起一生中最年轻好看的时候
那万丈光芒正悄然隐退

而时间并不等待我

曾陪伴光阴的孤独正从欢呼中溜走

我的爱呢？我的爱在光芒隐退中
发现了最后的恋人

维特根斯坦在荒原

我带着《维特根斯坦笔记》走上荒原
身后的世界关闭着它们的门
真是寂静的土地，朔风刮动庞大的荒海

维特斯坦根在我身旁坐下
脑门上哲学庄重
草籽脱落如现实，沉默站立如语言

我们都不说话，他很瘦，呼吸都在思索
"只有在天才不济之处你才看见才能"
人人奢望灵魂可以永生，这向前充满不济

每一根纠结的草茎都像不济的人生
他从我书上走出来，走向茫茫荒海
身后的世界关闭着它的门
门后是无边无际的秋天

万物在时间脸上

万物在时间脸上留下他的倒影
留下孤独，善恶与生死别离
它眼袋深重，像艰难的自由与爱
当我们谈论过去有如议论未来，
那些美好恍如寂静的财富，
太阳般金黄而充满梦想与欲望

回忆，令一个富人负债累累，
那里的债主写着时间的名字，
而穷人依靠它富可敌国。

任何人身上的时间抽象而明显，
你们从我脸上看不到过去，
我们在失去中得到，每一秒都是下一秒
珍惜如此来不及，爱让我们学会珍惜。

万物在时间脸上留下他的倒影
留下爱，悲伤与回忆
爱令我们意识到时间，
催促人理解生死而抵达时间

每一天我们失去，说到今天正在失去今天
万物在时间脸上呈现它的倒影
而倒影中没有时间

寂静的冰川

猫头鹰在寂静中叫着
叫声也是寂静
风吹过橡树林就像海浪起伏
寂静也在起伏

从屋顶望去的巨大星空
如深渊罩着野狼的眼
我伸出手摸不到它，我伸出手
又仿佛摸到了一切，

夜好凉好深啊
我的自由恍如闲置的冰川

悲剧演员

我曾在一场校园话剧中担任女主角
秒奔的泪水侵略过一堆惊诧的眼睛
他们的神情在一瞬改变
随我的泪水迅速崩溃

我在那演绎中怀念内心的英雄
一种残忍的生活，人人啜饮着悲剧
为无邪的热爱我曾奉献着不知懈怠
梦与现实似乎并没有区别

我从角色中触摸作为人的命运
一样的真实，哪个才是生活
他们目光震惊，从中看见了什么
随我哽咽的眼泪如此诚实
纷纷击碎面具与谎言

我曾想做大荧幕上的女主角
擦干泪水走出一场表演
而剧场的背后泪水远没有结束

手与笔

藏起我的右手，有时藏起拳头
握紧我的左手，因为紧张的思想
我写字，在纸上尖叫

它们的笔画代替我行走
它们的词语替我吐出噩梦
在我的身体里藏着多个自己
童年，老年，年复一年

我隐藏，因为拳头与思想
优美与粗鲁藏在真理后面
他的武器是一支笔

更多时候它抱着他的孤独
站立在一张纯粹而干净的白纸上
那儿有他虚幻的河山与人民
抽象而彪悍地死亡与诞生

水中的练习

严密是水，深渊是水
不可测的人是水
我对它恐惧，不知由何时开始

在游泳圈中接近陌生的水
是携带武器的求和，是一种对抗
我像靠近猛兽般融入水，我挣扎
踢动腿脚，它静止，不动声色

我在岸边思考坚硬的水
平坦，像一块巨型玻璃
而其中的刺穿并无任何伤口
它更像不说话的欲望，像更无赋形的火

令人迷惑

我利用时间克服水的恐惧
利用水克服阴影里的时间
水并不陌生，似乎毫无攻击

它开始逐渐演绎它的柔和，比丝绸更轻
比月光更滑，它沉默，散漫而无孔不入
如此坚韧而透明如泪水

我将要取消武装而去明白水
像撇开眼睛去明白眼泪
泪是水的赋形，它比火更温柔
在逐渐的融合中我抓住水的手
我感到我是水，而水并不是我

灾　难

灾难永不止息，它像人一样繁衍
比人更深谙暴力
我沉默咀嚼过它的苦味
一些花在其中瞬间枯萎

它甚至更像回忆，齿轮滚动
遭际必不可少，泪因此并不值钱
像细雨淋着废墟

我死于一次灾难而在临终归来
它居然复活过我，限于悲苦
而思考着死亡
树枝像一双手伸向我无助的人生

我们的灾难拥有同样痛苦的母亲
为绝境哭过并咒骂黑暗的母亲
灾难令一生更加复杂
承受它比灾难本身更真切

人明白灾难有时不知道它是灾难
看不见眼睛却制造泪水
看不见手而擅长摧毁

说吧，心灵的艺术

□ 玉　珍

　　对我来说，诗是来自思想与情感的最隐秘的心灵与语言艺术，那种追求极致语言艺术的探索让人着迷，升华着精神的快乐。在看似无用的创作过程中，诗歌通过人的心灵，情感和思想完成了在世俗生活中无法完成的对精神的解放。这是种精神追求。它通常折磨一个人的智力和思想，但又让人热爱和痴迷，以潜移默化和微风细雨的姿态进入个体。在人类所有可触可写领域内，思想和精神是最难诠释的。

　　万物似乎有其定律，写作也有。我的写作从一开始似乎就像命中注定，从我懂事时开始，内心深处和大脑中就像存在着对语言文学的特殊敏感和喜爱，那是种抽象的东西。我平时不喜欢讨论和分析诗歌，我喜欢默默地写，我觉得诗歌必须自己探索，体悟，因此诗人本身和诗歌现实都注定要面临一些问题。诗歌给予我的如此独特。

　　说诗必须说到大环境，包括家庭，家乡，社会，祖国，世界，时代，甚至身边的一切。但若是追根溯源，必须谈到出生之地。生养我的地方将与我一生的创作和思想息息相关。我个人觉得对一个诗人来说，自然的力量是无穷的。一个脱离了自然趣味和审美的诗人是冰冷的。不自觉的对语言的要求会形成一种为诗歌准备的良好的语感和直觉，比起拥有准备和计划的对其他事情的自觉，那种不自觉更高明和微妙，是属于人类艺术领域玄妙的东西。

　　我们无法从语言中学到公式与定理，那种类似于游走的更像意识流动的过程，需要情感、思想、意识微妙的参与，那些被写出的诗是自然和灵感赐予，除却纸笔和思维，我想更多来自长时间的积淀，我那些躺在山坡草丛和田野花丛中闭着眼闻大自然香气，站在山岗上听风的美好经历，都是记忆中神一样的存在。我不能说我在创作，在那种毫无条件和创作意识的情形下，事实上我的身心已经开始诗意的萌芽和体验，长时间与自然接触的经验令人诧异地将一种感觉种入体内，那就是诗歌的感觉。每个人感觉不同，我的感觉来自自然，在长期的陶冶渲染下，成长为了一个在诗歌中自己无法形容和言说的个体。

　　我已经不记得我写的第一首诗，无目的，无功利，无计划甚至无意识，诗歌就这样形成了。在寂静美好的乡村生活中，在夜深人静中，我热爱上思考，这种思考与语言和表达有关，与诗歌有关，我用恬静和沉默的方式完成了漫长的沉思。那是个孤独而美好的过程，我在星辰、银河之下，群山之下，山花烂漫之下，萤火虫和蛙鸣之下，用几乎不曾被喧嚣和浮躁惊扰的心灵完成了人生中大部分对美好和自然的向往与思索，那对我的人生是至关重要的，到现在为止我依然能感觉到那来自远方的微妙的力量，那种对未知之物敏锐的触角和直觉，对生活和生命用独特语言表达的欲望和能力。

　　如果哪天我忘记某些过去，我想能从诗歌中找出些端倪，那几乎是我个人时代的内心写照，从直觉中流露出来的最真实最无杂质的自传般的记忆，我将会一直珍藏着这些美好的记忆。用热爱迈进诗歌的大门之后，关于人、世界、文明、语言、艺术、大自然、心灵、爱，包括他们的对立，都成为无法回避的对象。我们不仅要能写出好的诗歌，还要能活出令更多人明白什么叫灵魂的具有高度精神独立性的生命，那结合灵魂与活法的诗才是全面的震撼人心的诗歌和人类的表率 Ⓩ

音　希　阿　天　陈坤浩　李倩倩　张勇敢　祁小鹿
陈　墨　李司平　王　迅　周　姣

音希

YIN XI

　　本名李航宇，1998 年生于哈尔滨。兰州大学管理学院 2016 级学生。甘肃省诗词协会青年委员会会员、兰州大学五泉文学社成员。

革命者

门口灯光明亮
你反复抖动地毯的灰尘
像要把
刀屑
从国家清理干净

清理干净
你回到熟悉的房间
眼神积木般
规划着你所见的一切
从滴水时钟
到披挂的旗帜
那些静物死后的装容
隐私得就像
不设碑名的王者

房屋震动
静物死而复生
直直　把你的头颅跌破
你抓住广大的关联
如暴雨紧握松枝
将漫长的冬夜
驱赶到背阳的山侧

双色叶

站的地方高了
声音却未远
双色叶片在林中隐没
那漆黑一片里
风儿套住麻雀的脚镯

我以为看清楚了
一切

甲胄般的高楼
一经夏夜竟也懈怠
涂抹而上的灯火
洇暗了双色叶的开合
我只有靠耳朵
去倾听
除你之外
还有些什么

柔指拈花，凋零得慢
倒车口令，应和迟缓
流浪狗追逐繁星
而你连夜背走杨木
不顾双色叶
在寂静里颤抖
野草
刺猬般蜷缩

有人留下联系方式
老街坊　出售房屋
彩色蜘蛛倒挂其上
我想起了你
单薄身影
曾背对人潮乱语
"来吧来吧，亲爱的
来我心窝里打个盹儿"

想　家

中午出门消化阳光
你的胃如团大的阴云
迢递啊
飘向老家阳台的窗外
那里阴天
你进不去门

妈妈拿着手机
慌张地联系工人，换锁
像丢了些什么似的

你注意到
你干净整洁的房间里
多了盆四世同堂的仙人掌

有多少欲哭无泪
在这植物的身体流淌
直到
把叶子磨成针形

阿天 A TIAN

　　本名王顺天。甘肃民族师范学院（甘南）学生。作品散见于《中国诗歌》、《诗刊》、《星星》、《飞天》、《兰州日报》等。参加第二届甘肃青年诗会。

木　柴

木柴燃烧、爆裂
在火炉内部不断融化
她们来自秋天、山林或者一双粗糙的手
那个沉默的男人不停往炉中添柴
砍柴、生火、添柴，多少年了
他也像一块木柴，在生活的炉子中燃烧、断裂
保持着房子内的温度
木柴燃烧，火炉升温
一片漂浮的茶叶在杯中搁浅
你坐在旁边写下
温暖，在一个沉默的午后
一场大雪慢慢掩盖了说出的话语

草场的马

眼前的草场比心中的还要大
被绿色覆盖得身体开始长满
青草，如此辽阔
让所有的赞美都羞于声色

一匹母马在河边吃草
小马驹躺在草地上晒太阳
母子俩始终保持着距离
这段迷人的、短暂的
距离，让我开始想念
整个午后的时光

雾气漫漫的山林
让画面更加真实
低头的马，吃草的马，充满母爱的马
这些幸福的词语，源于
某次旅途中的停顿
在一个叫博拉多的小镇
一匹马让我想起了妈妈

雪一样的比喻

一场雪落下来
接着是另一场雪
雪压着雪，雪看不见雪
大地上，雪像月光一样盛开
这是多年前的比喻
多年前说出这句话的时候
爷爷还在，奶奶也在
他们和雪做着游戏，说出雪与雪之间的
秘密，时间的裂缝被雪覆盖
现在，他们就坐在雪的旁边
手里拿着雪，身上盖着雪
头发和雪一样白

忽然之间

说话的时候
雨就下来了
那些说出的词语就跳到地面
被雨水滋润抚摸
我希望雨一直下着
这样藏在词语里的心事
就会迅速成长
但更多的时候
我害怕太阳一出来
她们就会和这些雨水一起蒸发

陈坤浩　　CHEN KUN HAO

笔名水泥，广东揭阳人，1995 年生。肇庆学院学生。

奶　奶

1

想告诉你
房子空荡了许多。
灶神爷，土地公，床婆
观音，菩萨……

自从你离开
这屋子就不再被神眷顾

2

院子的菜园
爷爷，无力打理
长势不好，但还活着

养了 6 年的猫，终也出走

有时候，招呼爷爷回家
得喊三遍

3

这些年，草依然在长
人依旧相爱

土地，依旧
悲伤

和爷爷静坐于田埂

在乡下
温柔，恰到好处
刚刚拂过瓜藤的风，现在微微地吹你
三三两两的白鹭飞过
除此之外，都学会了静态生活
包括池塘，庄稼，牛羊

我说还是走走吧
我知道，你一坐下来就犯困
你一坐下来
村庄都步入了晚年

我　们

我们爱了，我们老了，一辈子仅此而已
依偎同一片天空下的露水
我砍柴，你烧火
许多年迈的日子都开始无所谓
无所谓一个季度又一个季度的衰败
无所谓遗忘，无所谓你的白发苍苍，我满脸胡碴
也无所谓泥土，无所谓来世

——我可以只是一株蒿草，附在我的大山
你路过时，风沙沙地吹
温柔了你的，也温柔了我的

李倩倩　　LI QIAN QIAN

1996 年生。四川大学文学与新闻学院编辑出版学专业本科学生。

一个人被桌子腿绊了一下

我的脑海中不断重复出现
一个人被桌子的腿绊了一下
的形象。
这个人没有面孔

不具备任何能辨识它身份，或情绪
的东西。

我甚至不确定它——
是否属于人类

它就是被桌子腿绊了一下
不曾摔倒在地
也不曾大叫着喊疼

好像在生活中
如果一个人努力地活着
总免不了被桌子腿绊那么一下

假如我是空

我因获得而欢喜的时间太短暂
我因失去而悲苦的时间太漫长
我不停地要，要不停地得
毫无疑问，这不可能

我只能得一次，失两次
得失失，失失得
得到的永远比失去的少
失去的永远比得到的多

患得患失使我不快乐
不快乐使我得到的亦黯然失色了

假如我是空
加号减号于我无意义
假如我是空
阴晴圆缺于我无意义
假如我是空
得失都欢喜
假如我是空
一日是一日，不长不短
日日是好日，不多不少

乳　沟

她的乳沟

如何形容
可以夹起一本泰戈尔
诗集，《你的名字我的欢乐》
郑振铎／译
中国华侨出版社

在一切课外书均被没收的年代
她带着一只飞鸟做了漏网之鱼

张勇敢　　ZHANG YONG GAN

　　本名张浩，1994 年生，客家人。重庆大
学专业 2013 级学生。作品散见于《星星》、《中
国诗歌》、《散文诗世界》等。

与阿楚，在北山公园

总觉得该说些什么，沉默即将在我们之间
制造一种木质的空气，长椅是暖的，如果我们挨
　　得足够近
此刻，惟一可以确定的是，落日的余晖就要从你
　　的眼角滑落
而另一些事情反复重叠、变得模糊，等待着回应
它们悬而未决的姿态让人着迷，看着夜幕缓缓拉
　　开
再等片刻，便与潜伏在你体内的夜色共舞

阿楚，我知道我挚爱的一切都将离我而去，它们
　　快步行走
它们融化、蔓延，又重新筑身为墙，将我包围

阿楚，"就让我们再一次拥有彼此的嘴唇，这盛
　　满清水的陶罐"

每个人被隐藏的部分

人群苦练伪装术，在失眠中拉开巨大的黑色幕布
尚未得到的孤独陆续登场，舞台危机四伏——

零点刚过，便开始有几张陌生面孔出现
那些在生活间隙处，被我忽略的人们

在夜里循着某种路径，重新叩响我身体的大门
辗转反侧之际，用尽在陌生人身上虚设未来的想
　象力

前半夜我们曾蒙起双眼，品尝危险事物带来的美
　感
短暂的肉体欢愉，在春天面前显得渺小
同样微不足道的某些渺小事物，诚如此刻的我们
小心翼翼，长出许多被隐藏的部分

西禅寺早起的公鸡按时拉响城市警报，福州的夜
　色
企图从我体内全身而退，我慌忙收起昨夜暴露的
　骨头
那刚刚支起的身子又一次垮了下来

父　亲

大多数情况下，他的身体用来堆砌，血汗可饮
于是有了大马路，有了商品房
上九天，下五洋，祖国变得无所不能

他怜惜白天和白馒头，害怕商品琳琅的街道
灰头土脸，在城市里小心翼翼地活着
他幻想过狮子，尽管他从未见过
也幻想过西装革履，好比每天来视察的大老板那
　副模样

有天夜里，男人们烂醉如泥
在大街上撒尿、喧闹，被警察追赶
他落荒而逃，哭着说想家

那一夜，所有严肃的词都一睡不醒
他坐在灯下提笔，给遥远的妻子讲述一场梦：

"她高兴极了，大老远就开始朝我挥手
我看见她身后透出光
那光，我曾在你和母亲身上看见过"

而她，早已在一次车祸中丧生

祁小鹿　　　　　QI XIAO LU

　　1995 年生于青海大通。青海师范大学数学系
学生。获第五届野草文学奖、樱花诗歌奖优秀奖
等奖项。

失月记

我与她相识于楼台，相忘于街市
潮湿的夜晚，一切匆匆
她触目可及所有孤独，没有月亮
没有虚假的灯。点一支蜡烛，在胸口
点燃隐痛。逃离者称为丈夫
他留下一只猫，一盆无法绽放的花
一个残局，她在其间最坚硬的部分
她变老，从心脏开始，波及情绪、行动、神情
疏于梳妆，不愿讨论理想——如果有的话
我已经忘记她，失去月亮的女人
或者，我就是她

食草动物

把案头的苍蝇拍落，厚厚的书翻过一页
仍找不到真理。这个季节的风开始变硬，他与人
讨论的话题也变多。房贷。嫁娶。四面围墙的
盐湖。以及闻不到味道的苏州海鲜

把衣领翻得再高，也挡不住来往汽车的呼啸
他学会骑自行车，并在缓慢车轮的滚动中，找到
夕阳遗失的衣裙。仍旧孤身一人，像简单干净的
　少年
误入四十岁的轨道。他从不流露悲伤

彩虹。他想起故乡的歌谣，在过早枯萎的花朵里
想起西宁的灯火。像一杯过度稀释的酒，无法湿
　润
他内心的干涸。依然沉默，这一刻胜似苍白的
一生。一棵植物在他干燥的胃中完成最后的舞蹈

即 思

拿出命运给我的一部分
用以交换，对抗，对峙
生之顽疾，死之沉默

保留另一部分。用以陌生少女
坦诚相向：激流中漂来一只红鞋子
她动手做了另一只，穿上时
门外响起陌生马匹的嘶鸣——
她将此视为命运的奏响曲

再也没有什么了，或者说已经足够——
前者使我隐忍存活，后者使我热泪纵横

陈墨   CHEN MO

1992 年生于湖北黄石。昆明医科大学研究生。

小情诗

我们在哪座城相爱
那座城就得沉没
可没有事物丧命
城市在海底呼吸
浪时高时低
努力模仿你喜爱的音符
每当我想你的时候
一大片汪洋扶不起一朵小野菊

困 兽

长颈鹿，暮年吃老叶
黄昏每长高一寸
来自人间的对不起
音量就降低一个分贝

猴子小心翼翼修补假山
只要还能经受风雨

王国依旧真实可靠
香蕉，从天而降

鳄鱼需要的河越来越窄
去皮的肉，红光泛白
慵懒也能果腹的岁月
肥胖症从心脏起病

狼群骂骂咧咧，绕圈奔跑
灰尘升空又降落
石子碰触铁网又弹回
累了之后，狼群大口喝水

狮子如哲学家般安静
感叹上帝的万能
仅用方寸的牢笼
就关住了所有流动的人类

在城市

我能看到街道的终点。有灯火
却没有人影。风在孤独地盘旋
诱捕无家可归却想家的翅膀
地面的鸟在啄食自己的影子
并且假装吃得很饱
失去天空之后它便不再抬头
对待过往，两种选择会更加幸福
——遗忘，或想象成未来
我同这只陌生的鸟互为远方
只是我们不会奔向彼此

李司平   LI SI PING

1996 年生于云南普洱。文山学院信息科学学院大一学生。

写在南疆西华山

一

在南疆西华山，我郑重其事地说
我们外地人必须学会假装

胆小如鼠，双腿发颤。这样一来
西华山才会放低姿态，才不会那么高
才不会那么远。我们也才能
从容不迫地
在石刃上行吟歌唱

二

长得抽象的山，往往就是寓言
以及神话的本身
西华山，西华山的石头
一把深邃漆黑的利剑
我只有病得很重的时候
才会遇到它。然后
我的潦草，造作荒唐以及我的胸膛
长期被包裹的花苞
才得以斩断，释放于压抑的肉体
只要有一点风，我的心脏
在西华山，扶摇而上

三

在西华山顶，俯瞰这个叫作文山的城市
从第一次心跳加快开始标注
去寻找，我在文山热烈爱过的那个姑娘
我必须左手握紧右手，才会记起
那个姑娘的具体地址
西华山下盘龙河畔，边河路
74 号或者 47 号。门口开满紫藤萝
每到周末她都会拨弄音乐
古筝或钢琴，多半是尤克里里

在西华山顶，张开双手
必须做一个捕风者
竭力去捕捉，失散在风中的
音，容，相貌。还有我日夜思念的尤克里里
《梦中的梦境》。今夜花会开
妹妹啊！今夜的西华山顶
星星只为你一人亮起

四

当身体和西华山的石头一样坚硬的时候
我的心变得无比的柔软，不设防地任由

白鹭和苍鹰从文笔塔出发
穿过这个城市的中央
抵达我内心深处，不为人知的
一个隐匿地方

五

在西华山顶面向普者黑
的方向眺望。二者相隔
几座山，几条水。所以只适合相互联想
普者黑三十里桃花，或是桃花三十里
我热爱这广袤的土地
由上至下地无限接近
然后接吻
桃花沉入水底，整座城为一人
蒹葭苍苍，芦芽霜白
在西华山朝着普者黑的方向
看见，我为你种下的
满城满城的樱花

六

这个城市背靠西华山，文山人自豪地说
他们有高大，坚硬的靠山
所以他们足够的勇敢

王迅 WANG XUN

笔名凌渊。湖南科技大学物理与电子科学学院光电信息科学与工程专业学生。

听说诗分为两种

长长的图书馆阶梯前
停了一辆锈迹斑斑自行车
旧得那么自然，和图书馆融为了一体
在二楼随意翻了一本书
说现代文学从"五四"开始算起的
现代诗大概分为两种
一种是别人能读懂的
一种是自己不懂别人也不懂的
然后我就把它借走了
借书系统只认我的卡不认我的人

五六个收拾垃圾的工人
推着垃圾车走在路上
两个阿姨一边推一边点着手机
荷花池旁坐了两个抽烟的伯伯
扫了两大堆枯叶守着
已经满是生机的一排樟树上
还一直零星地落着叶
我把学校逛了一遍
也没凑够一首诗
我也不懂应该也没人懂的

告　别

摘两片诗入药
解不了我入骨的毒
我是那被抛弃的流浪者
我的旅途没有终点
亦没有归途
我的旧背包里
装了一颗流浪的心

晨阳初升时欣喜
夕阳斜落时忧郁
我是那被岁月击败的剑客
拔不出的长剑锈迹斑驳
取了来沽上二两酒
诳醉这穿不透漫漫黑夜

我不过是那孤独的打柴人
烧完了囤积的所有柴木
刀斧已经满是缺口
深雪吞没了所有出行的路
我将把自己投进火堆
卸下那灵魂里背负的最后一捆柴

周姣　　　　　　　　ZHOU JIAO

　　22 岁，四川达州人。广州大学汉语国际专业
2014 级学生。

纠　正

今夜，我们乘坐 35 路公交车
横越　一条大河

桥上为何点满蜡烛，纤细又整齐
我说，黑夜是一个爱过生日的小孩子

而有人轻声笑，不假思索地纠正道
不过是路灯亮了　而已

奇怪，他说出"路灯亮了"的一刹那
真正的黑夜　陡然降临

诗人和雨

雨夜轻薄，收藏在你诗集的
第七十一页，时隔多年有人读起
伴着烛火，漫天的虫鸣
散尽的烟云，竟然暗自重聚

孩子们在星空下抬头，虔诚瞻仰
"这些星星走了许多光年，才到这里"
"一切，都已经被推迟。"
而永恒的美丽，又怎能轻而易举

比如一位诗人，要耗费多少睡眠
才能被一场雨选中，接受洗礼
而一场雨，又要耗费多少次哭泣
才能被你采撷，写进诗里

中国诗选
CHINESE POEMS

崔宝珠　殷龙龙　雪　女　王天武　张曙光
张执浩　武强华　包　苞　曹树莹　金　辉
程　维　雪　迪

阳光灿烂 〔组诗选二〕
崔宝珠

落日之杯

落日泡进楼头的茶杯
一枚亿万年的蛋黄
你尝得出
它的味道否?
沉重的
带锈斑的熟铜
呛得人咳嗽
在黑暗之前
最后的光芒
温暖、明黄,把这世界变成
一大杯熟透的酒
泡在其中的我
你的脸,还有地平线上
模糊的草树
时间把我们变虚
庞大之物都是无情的
包括时间,落日
和回忆
我们沉醉在细微中就好
你只需看我,尚未被时光摧残的手
握着杯子
悠悠转动的样子
和杯中蓊郁的森林
别去看那些披星光大氅的
黑色天空
沉吟着,正欲将人间
一饮而尽

阳光灿烂

院子里摊着的芝麻快要爆裂了
土豆隐忍些
体内的汁水正慢慢转化为淀粉

但还在等
婆媳两个把玉米也摊开来
一个已经老了

一个准备老去
两个女人各怀心事
默然无言

阳光灿烂
金子般发烫
金子般虚幻

江滨小区 〔组诗选二〕
殷龙龙

八 月

虞山伏在不远处
摇动着手掌,每天都送来清凉的风
好像在说
我姓虞,也可以姓殷

夏天的秘密,多么神奇
恰似糯米的叶子里
它思念,裹着棕色的不解释
又吃惊我中气尽失

我从天上掉下来,沉甸甸红彤彤的
算是常熟的熟客了
流鼻血的年龄已委身孤独
准备了另一场盛会——不经意间叫洪水退去

只可惜我那口中气啊!
以及每一句话,每一个动作都毫无遮掩

喝 茶

我以为我能随便跳动
随便和你说话
大地没有障碍,语言像一串葡萄

光滑，透，剥开迷宫

随便跳动
随便和你谈论欧洲大师的作品
像电影那样，呼吸着

是的，我赤条条地，用一月的时间呼吸
再用一刻钟形成波浪
瞬间怀孕

南方到处是树、水、蛙、野山菌
神安排，让你推我
百科全书有两个大轮

生出一堆思想
它们挤在阴凉里。寻找着眼睛
我吃力地，吃你的爱
咽下一口井

以上原载《诗刊》2017年上半月刊第6期

每日的恩典 〔七首选二〕
雪 女

每日的恩典

上班途中，巴士车总要经过
一段废弃的铁路而引起颠簸。

旧铁路既不通车，又不拆除，
枕木与枕木之间野草杂芜。
并列的钢轨上，始终有两道
悠长的光柱晃得人睁不开眼睛，
仿佛上帝在哪里踯躅逡巡。

从窗口望去，一座白色小教堂，
像脱轨的火车头歇息在铁路一旁。
圆顶上的十字架喷满了大红油漆，
以抵御自然风化和人间烟尘。

那座教堂我从未去过，
但每天看见，它就是为我而设。

无论巴士车将我载向哪里，
这恩典皆与我相伴随行。

相像的人避于茫茫人世

那些陌生者，曾经说起
我很像他们认识的某个人。
他们认识的人于我更加陌生，
甚至这一生都不会碰面。

但好奇心却怦然开启：
这些女人是谁，散居何方？
她们一定不是为了代替我而存在，
我也无法将她们聚集一身。

有时忽然就在大街上见到
与我形貌酷似的人。
说来奇怪，我们的目光
果然被对方深深吸引。
好像一母同胞，异常熟稔，
彼此身上迎面扑来的气息。

可我们似乎又被莫名的力量，
软禁在周围的空气中，
连注视都感到是一种冒犯。

瞬间邂逅，瞬间消失。
因心领神会而闭口不语，
因无端相像而避于茫茫人世。

原载《长江文艺》2017年第3期

如果还有明天 〔十首选二〕
王天武

信

最终，亲爱的孩子
当我们看不见，也听不到对方时
我希望你能等待
一封不同寻常的信

你将用嗅觉读信
你会让一个字一个字在你的牙齿间吱吱作响
你会睁开一只眼睛
瞥一眼之后站起来，一点一点活在它的中心

无论如何，每天晒一会儿太阳
往返于一个方形的院子间
试着等待一封不同寻常的信
咬着我的手，它也是信

它是由持续温暖的材料制成
你无法回信

不是星星——是女神

不是星星
是几颗亮钉在蓝色的舞台上
你伸着手，要揭开那片比较薄的云
或者，像毕晓普一样在大锡盆里洗发
打碎了月亮，还闪着光

给你的诗在半空中我还无法捉到
细雨和寒冷同时飘落
我能看到雨滴，那些光滑的小圆球
落在车窗上
它们有从上到下，让人发抖的自由

也许我想写的是寒冷
它和我有过肌肤之亲
如此亲密，如此悲伤
你抱着自己，除了这样
你到何处取暖

原载《长江文艺》2017 年第 4 期

在这个世界我们需要些什么 〔六首选二〕
张曙光

我度过……

我度过太多空洞的日子。

有时我会忘记我是谁，我在做些什么。
每天我走过同样的街道，去见一些同样的人。
咖啡馆里播放着乏味的音乐
里面的咖啡全是一个味道。

黑色树干在二月的积雪中走动
我们一天天长大，然后变老。
初恋的女孩嫁给了别人。接着是她的女儿。
另一些人走失了，找不到回家的路。
迷失是我们生命的本质。

我们努力学习着遗忘的艺术，
任插在花瓶里的鲜花枯萎。
冬天吊死在冻结的水管上，春天仍遥遥无期。
当然终于明白这世界并非为我而存在
我已度过太多空洞的日子。

在这个世界我们需要些什么

一切都没有发生，但另一方面
似乎一切都发生了。夏天适时地来到
然后是秋天……雨适时地下着，鼠尾草在花坛
或道路两旁适时地开放。一切都很圆满

而且恰如其分。隔壁月份的邻居搬走了
留下空白和记忆。"我真的很好。这里的风景
美极了。想你。"在写给远方朋友的信中
她这样说。对于这个陌生的小镇

她同样是陌生人，"一朵飘浮不定的云"
但事实上，她只是坐在窗前，手里
捧着一本书，确切说是一本时尚杂志，思考
一辆推土机隆隆驶过，像一个隐喻

但确实会改变某些事物，或使强烈的色彩减褪
一些事物被命名，然后消失，剩下的只是些废
　　墟——
在这个世界我们需要些什么，又有什么能
填补我们日益空虚的内心，代替那些廉价的

誓言和承诺？我们只是摹拟着生活
或被生活所摹拟。譬如眼下的这个场景
某种疏离感只是为了让我们靠得更近

或换取更多廉价的快乐，其实并不靠谱

原载《长江文艺》2017 年第 5 期

被词语找到的人 〔八首选二〕

张执浩

被词语找到的人

平静找上门来了
并不叩门，径直走近我
对我说：你很平静
慵懒找上门来了
带着一张灰色的毛毯
挨我坐下，将毛毯一角
轻轻搭在我的膝盖上
健忘找上门来了
推开门的时候光亮中
有一串风尘仆仆的影子
让我用浑浊的眼睛辨认它们
让我这样反复呢喃：你好啊
慈祥从我递出去的手掌开始
慢慢扩展到了我的眼神和笑容里
我融化在了这个人的体内
仿佛是在看一部默片
大厅里只有胶片的转动声
当镜头转向寂寥的旷野
悲伤找上门来了
幸存者爬过弹坑、铁丝网和水潭
回到被尸体填满的掩体中
没有人见识过他的悔恨
但我曾在凌晨时分咬着被角抽泣
为我们不可避免的命运
为这些曾经以为遥不可及的词语
一个一个找上门来
填满了我
替代了我

写诗是……

写诗是干一件你从来没有干过的活

工具是现成的，你以前都见过
写诗是小儿初见棺木，他不知道
这么笨拙的木头有什么用
女孩子们在大榕树下荡秋千
女人们把毛线缠绕在两膝之间
写诗是你一个人爬上跷跷板
那一端坐着一个看不见的大家伙
写诗是囚犯放风的时间到了
天地一窟窿，烈日当头照
写诗是五岁那年我随我哥哥去抓乌龟
他用一根铁钩从泥洞里掏出了一团蛇
我至今还记得我的尖叫声
写诗是记忆里的尖叫和回忆时的心跳

原载《长江文艺》2017 年第 6 期

在武汉

武强华

1

之前，有三个愿望：
吃武昌鱼
去长江大桥看落日
在汉口码头别故人

最后一个没有实现
2016 年 9 月 24 日，我一个人
在江边独坐至深夜，也没有等到
那艘开元十八年的船

2

暴风雨随时会来
一座城市随时会成为一叶扁舟
消失在地球的另一面
但雨迟迟没有落下

我想尽快回去
但黄昏时，数百个民工正在下班
数百辆电动车正在穿过长江大桥

我必须站在一边，紧靠着栏杆
先给那些急于回家的人让路

3

今天我在江边嗅到的河豚味
很可能就是
你说过要请我吃的那一只

不可否认
有毒这件事，其实
让我们都有过隐秘的疯狂念头
——谁先死，谁就是那个杀死知己的凶手

4

作为一个北方人
登上那艘船又能如何
出海打鱼，忍受风吹雨打
又能如何
夜宿渔船，与船夫把酒临风
又能如何

可是你知道，我说的
不过是想象而已
在武汉，每个人的身体里
都潜伏着一江水
一不小心
就会溺死在自己的身体里

原载《诗刊》2017年上半月刊第5期

春天记事 〔十九首选三〕
包 苞

数 羊

要在黑暗中，找到那些白
把它们从走失的地方牵回来

要在麻木的肉体上，找到疼痛

像灯一样，把它们一一点亮

黑色的天空像水
黑色的时间，像沙子

要分清黑白多么难啊！

我总是迎着风，点亮一盏
转眼，又被吹灭

分手便是永别
——写给丙申春节一对分别的鹅

亲爱的，我们终于可以脱下这厚重的羽绒服了
像脱下人世的龌龊一样，脱下来
还给世界

亲爱的，我们终于可以像水中的星辰一样
在冰冷的内部，发自己的光了
尽管微弱，但那来自我们小小的心脏

亲爱的，我们的世界一直在摇晃
人世的每一次盛宴，对我们来说，都是一次刻骨
　的诀别
这一次，终于轮到我们了

没有什么是遗憾的，亲爱的
我们依偎过，爱过，这就够了
够了！

亲爱的，如果还有什么祈求，我只祈求在人类的
　餐桌上相聚时
让我们小小的骨头，再一次，紧紧挨着，像疼挨
　着
疼，苦挨着苦
幸福，挨着幸福

这一刻，却是十分宁静

阳光穿过树叶，照在我的身上
阳光，带来了树叶的问候。

树枝上有歌唱的鸟儿，阳光
也带来小鸟的问候。

我站在树荫下，风把树叶轻轻晃动
我内心小小的温暖，也在晃动。

阳光努力让这一切安静下来
但这是多么徒劳！

鸟儿持久而婉转的歌声，一直在头顶闪着光。
树叶，也在闪光。

我享受着它们的闪耀，也享受着
它们此刻，在我心上的停泊。

这看似喧闹的一刻，我的内心
却是十分宁静

原载《芳草》2017年第3期

梦见树叶 〔外二首〕
曹树莹

我经常会梦见一些树叶
莫名其妙地飞离枝头
仿佛不再与孤独为伍
纷纷寻找我热情的臂膀
甚至我的整个脸都被覆盖
然而我的呼吸更加顺畅

我从树叶细小的脉络
把握我灵魂出走时的方向
也从厚实茂密的缝隙中
越过生活中真实的陷阱
有时枯叶也提醒我
只要走过何必在乎遗失的脚印

树叶压在我的脸上
重量和尊严使我格外平静
昨天的阴影并没有罩住
我今天的脚步　像风筝飞在天上

一阵风把我猛然惊醒
盖在脸上的书滑入草丛

风吹悬崖

正在渐渐证实　疾病
有时来自风　所以悬崖
不能以悬崖解决悬崖的问题

谁能阻挡风吹悬崖　在炎夏六月
或在三九寒冬一棵树走过四季
如同一个人　历经了自由与地狱

那么多心理医生都改行了
也不提醒越来越多的病人
像一个醉酒的人还要继续加酒

在幽幽的悬崖上　风在拍打
这是什么季节　已经并不在意
都知道对症下药是荒谬的

病人对病人的诊断　就像梦幻
对梦幻的赞美　形式对形式的覆盖
白日捕捉悬崖上的蝙蝠

评论家

他对食物有着特别的嗜好
且胃口很好　像牛把食物返回到口腔
反复咀嚼之后　把剩下的骨头
当作主题

一些食物有时来历不明
陌生的形体使他惊讶
他必须使用医生解剖的方式
并沿着骨架把它拆散　又把它还原

事物本身或许藏有不尽的秘密
他常常恋爱　常常结成半路夫妻
在一段走失的婚姻里流连叹息
无声的步履提供了偏离彼岸的路标

他对玄学有兴趣　竟然能够预测
一场暴风骤雨可以击倒多少植物
他也能让那些植物重新站起来
还叮嘱阳光跟上芳香的脚步

一座隐匿的官殿悬浮空中
他是最称职的建筑师　在我们
司空见惯的地方　悄然无声地
辟出了一座风景一新的庄园

原载《海燕》2017年第2期

秋末十四行 〔外二首〕
金 辉

一个感性的时代已经过去了。看见满树的
叶子纷纷飘落已经不能使我们落泪
让一株树木回到现实的院落回到
我们身边。让清洁工人从天使变回到
一个清洁工人，正是他将落叶无情地清扫
我们三十岁以后的道路要随时保持
清醒。在落叶的三周里，一个季节将向
上一个季节告别，一棵树木将对下一个季节
保持警惕而机器的轰鸣依然如故
我们深入其中，继续被那些巨大的
声响搅碎。一片落叶首先是落叶，最后
还是一片落叶。被我们写进诗中是，被烧成
灰烬也是。一个时代已经找到了大方向
一个诗人已经掌握了最终的命运

豆未央

豆子一直都长在豆地里
并且渐渐开出了白色的小花 '
忽然来了一只左撇子熊
它用肥厚的爪子拨开豆秧
向里面看了三秒钟，然后
快快地溜开了。走时还看了看天气
豆地在十里外的南坡上
一天中最热的光景，我父亲

站在地头上，仿佛闻到了
豆花开时分泌出来的香味
他用胳膊分开豆秧
向里面看了半晌，然后满意地
拢好。这时候，他的心中
已经有了好几个幻想
他是个富于想象的人，一件事
他可以编排出好几种美好的
结局。有时候，他甚至想象自己
就是一头雄壮的棕熊，在偷自己的豆子

春天的树林里

春天的树林里，浑身是负重的牡马的汗味
或是黑松的针茅，或是杨树的雄花序
或是一蹴而就的蕨类，或是一千年以远的
几枝桃花。总之是苦，苦的
如传说中的1960年代
如果有一口吃的东西
樱桃也不至于被践踏
被鲁莽的人们冲撞着，冲撞着
从此，小径岔向两重
一重被分娩着
一重被黑夜的被单包裹

感 恩 〔外二首〕
程 维

不要什么头衔了，再多的头衔
只能给我增添负担，人生是一路减法的过程
在没有归零以前，我只需要个人的尊严
有些头衔只会玷污清名
还有一些如同绑架，使你失去更多

尽管我所获甚少，对世人无害，像蝼蚁一样活着
尽管我如此卑微，匍匐于大地
而山川草木，已足以让我感恩

过去的诗人

过去的诗人，短命而风流
在这个世界上，没有一处闲笔
把八万里的才情，夹在裤裆里
他的坐骑，堪比绵延不绝的江山
夜夜对着月亮叫喊，将一管尺八的洞箫
发射成飞天，把间谍卫星都干下来了
他还趴在马上自命不凡
到处找好汉拼酒，让流氓揍个半死
回家又遭媳妇痛扁
剩下的离婚，落花流水
好处都掉人奸夫的钱包，他只抱着断简残篇
等待后世来考证，掉起半死不活的书袋
——原来是个死鬼

搬 运

如果你仅仅是个诗人，还是不够的
这个世界需要人手来搬运，你得下点力气
许多好事情，一车皮的鲜花
都等着大伙儿来装卸，用不着词语
它就在那儿美好着，它认出了你
看你浑身上下，都是闲劲
它需要你出点汗，喘息一下
这就是生活要我们付出的

你不能只会耍嘴皮子，仿佛是个旁观者
快乐要你搬回家去，它是重的
而痛苦需要减轻，你要它搬出去，扔得很远

旋

雪 迪

总有一天，你会衰老
你生命的车栏已褪色枯朽
你在田野上孤零地散步
手中的花朵滴入疲倦的泪珠

那时，你会想起我吗
一棵被你的轮声擦伤的
沉默的树。你会站在树前
靠着它短暂地休息
而它遍痂的身体也老态龙钟

伸出手，摘一片叶子
犹如从架子上取一部诗集
看着叶脉的横纵网纹
悄声叹息。红胸脯的鸟
拍响着翅膀远去

以上原载《江南诗》2017 年第 3 期

爱你的时候

□叶西城

爱你的时候

写到爱你的时候，一棵槐树
叶子落下来
落在我手边的碗里
一些平静的事物自然填补它留下的空白

那些没有落下的叶子
它们摇动身体，它们给我很淡的阴影
就像我写到爱你的时候，朴素的
落在房前的麻雀

错觉：一半来自远方，一半来自
白色照片和你手指上
很浅的光线
它们都暗下来，我爱你，才爱得真实

铁　树

潮水来袭。星芒。离别时你已经
怀有新的麦子
黝黑的皮肤从未光辉
——我简单地出生，简单地生活，简单地
爱上你，结出朴素的果实
这多像一场梦：皇帝骑马进长安
少年举起
盛满月光的碗

这多像一株朴素的铁树，开花，死去
不好看的种子发芽，长出另一个朴素的生命

如果爱

我们相遇的时代
有微小的症结：孤独
我们停顿，凝视
那片刻光阴

从未显得突兀

衬托河面，村庄
以及身旁
映出星子的镜中
落下的
茫茫的白色

——回忆生活本来的轮廓
我们像是落在
铜器里
很小的思绪
很小的妖怪

我是这样爱你的

旧事守着钟摆
——它有时停下来
仿佛一个姑娘在思念离人。仿佛我在
中山路上独自行走的时候
思考活着的艰辛
吵架是要紧的事
假如我们连这点力气都失去了
余下的世间
当死亡带走我的时候
你又怎么把我的一点一滴埋进荒草？

爱你的我

拨动云骸。夕阳下，你形同烧红的铁
烙在我的皮肤上滋滋的响

你形同梅花，烙在额头的美好
是世间我惟一的胎印

来世，你会是我的母亲，任由我从你
清澈的身体里降临浑浊人间

无题

（外三首）

□ 娄　格

我喜欢酒
喜欢从酒中飘出来的鬼

喜欢一间屋子里除了你
没有其他的人

夜像一张大幕笼罩着我俩
这一刻，我喜欢夜的羞耻心

没有被罩住的人，他们还在酒的外面
担心别的事情，说不出甜美的话

这让我更加坚信——
爱情不叫孤独，爱情是月亮的十五

今夜，我不再是我
你不再是你

我们互为空杯，又互为白酒
我们互为火焰，又互为灰烬

给　你

今夜。星星没有能力将星光洒向低处的山谷
那盏灯，
只够它提着，独自在夜空行走

它看不到你，也看不到我。因此
它无从知道一个人饱受煎熬时
是什么模样

今夜。我留下这首小诗作为想你的证据
不是在烦躁的县城
而是在孤绝的山顶

星　辰

蝴蝶飞过一万次
还是不如春山深远

如果我改口说：蝴蝶照临人间呢？
命中的星辰立马浮现

它悬在我的头顶
闪烁着花的光环

像围绕在身边的微小事物，一生中
帮助我完成了爱和被爱

夜　晚

通过夜晚，我看到了黑暗中遥远的星辰
那是一颗光的宝石
它因为有光年而变得年轻
通过一件事，我又想起了你
我只是想起你，因为
你远得，没有地址

不知道在你心中
我还是不是一颗宝石
此刻，你如果也想起了我
你就回到了童年和故乡

夜晚是拿来怀远的
而思念将人弄旧
尽管如此，我还是常常想起你
一想起你
我就幸福得像一颗有光年的星辰

世事多变
我感觉我的心逐渐被灰尘污染
在以后的日子里，我将变成
怎样一个人？
是否把善良和爱情放在首位

我曾向你的小时候
保证：我要一辈子做一个单纯的人
因着这事，我又想起了你

桃 之 夭 夭

（组诗选三）

□ 雅　诗

只有桃花的活才是最要命的活

亲爱的
想到你，就想到桃花
除了桃花，还有什么词能令我脱口而出
还有什么暗语能顺利与你交接

桃花是我惟一的农事
生活的铁蒺藜扎在哪里，桃花的根就伸向哪里
看着桃花像魂灵那样顺着血脉生长
我就欢喜得要命

我躺在那里
心甘情愿被桃花解构，撕裂，活剥
看着血慢慢流下来
就像看着你的血流下来，就像是整个人类的血
　　流下来

在开满伤口的心上
只有桃花的活才是最要命的活
亲爱的
我不知道拿她怎么办
只好放任下去
"疼到不能再疼了，也就成了一种救赎"

这手心里攥出的火焰

你把一朵粉色的桃花交到我手里
我顿时欢喜又忧伤
这手心里攥出的火焰，不定什么时候就熄灭
我祈求飓风经过时压低身子
雷雨横劈时能绕过掌心
闪电的力量要大
不仅洞见外面的世界，还要
扫除内心的黑暗
根茎要像抽水机，大地的血液
泵给心脏，心脏就有了宽广的力量
叶片要有良心
有毒的滚开，无毒的进来
花瓣伸展成蝴蝶的形状

肉身要驻扎，灵魂需飞翔
万一乌云遮住月亮，太阳成为黑洞
我希望这小小的火焰，能擦亮
飞鸟的翅膀

天黑了

七月，最后一天，最后一个时辰，最后一秒
蝙蝠的翅膀掠过，桃花熄灭了灯盏
天。黑。了。
我像一个突然失明的人
踉踉跄跄
跌跌撞撞

所有的愤怒
都安放在鼓胀的胸腔
所有的疼痛
都密闭在下坠的心脏
亲爱的
我努力抱紧双肩，咬紧牙关
不让自己失声

为什么不能掩藏一辈子
为什么要在桃花盛开的日子拉黑
为什么要点燃炸药的引线
这白炽的参天的火焰
燃烧了你
也燃烧了我

洁白的滚烫的滋滋冒烟的灰烬
有你的肋骨我的心
这么多年
我们已经不分彼此
就连这灰烬
也合二为一

回不去了
我们只能选择放下
佛说，放下就会自在
我们一路走，一路念着咒语
蝙蝠的翅膀渐渐消隐
桃花向死而生

江山多娇（二十五章）　　　　　皇　泯

江山多娇 （二十五章）

□皇　泯

我看见，我新生在北京

今天，立冬。

一个平凡的生命在躁动了五十七个秋天后，重新降临。

旧生命的句号结束在零点，在阿拉伯数字的0点中，呈椭圆形；

新生活的脚印，歪歪扭扭出一串省略号……睁开眼睛，寻找陌生？

金水桥，纪念堂，前门，国家博物馆，人民大会堂……找不到一个陌生的面孔。

只有纪念碑，在天安门广场中央，头顶圆日，站成一个巨大的疑问号。

我看见，我新生在北京！？

世界，也只在一对脚印里

大水坪好大，不知道。

听说，从将军庙到接龙堤，骑高大的白马还只走了一半。

躲过长辈的眼睛，跨过三寸高的门槛，溜过五米见方的地坪——

站在月塘墈马路上，向西，踮起脚尖也看不到头，向东，望穿双眼也等不到白马。

大水坪，成为阔大而又遥远的世界。

其实，大水坪，就只有一对脚印大；

当然，世界，也只在一对脚印里。

脚印，丈量到哪里，哪里就是你的世界。

惟有呛水，生命才能成为畅游的鱼

人和巷码头，是挑水、洗衣的地方。

撒野的脚丫子想蹚水，水过大腿，会湿了裤腿。湿水的裤腿，晒干了，祖母苦口婆心的泪，流不干。

撒野的泳姿想试水，光屁股打浮湫，呛不了岸上的衣服，会呛了生命。祖父严酷的南竹丫枝，会痛出血。

人和巷码头，不仅只是挑水、洗衣的地方。

蹚水，试水，呛水……

不蹚水，哪知水有多深？

不试水，哪知水会呛人？

生命源于水，活于水，死于水。

惟有呛水，生命才能成为畅游的鱼。

老实宫巷子，很幽深

老实宫巷子，很幽深。

呈弧线的巷墙布满了青苔，稍不小心，历史

就打滑。

爬山虎珠帘一样半掩着巷道，只有光溜溜的青石板，眯缝着一线天空。

阳光，比顿号还短暂，很吝啬的停留，只眨了一下眼睛，时间，便阴了。

老实官，庙门敞开着，零星香客的功德，守不住孤零零的香火。

油灯如磷火，闪闪烁烁，年轻的尼姑来了又走了，只有老尼姑日复一日、年复一年地清扫着冷寂的庭院，清扫完早晨的光，再清扫傍晚的风。

将军庙，好威武的地方

将军庙，好威武的地方。

什么将军骑什么马，怎样耀武怎样扬威？我只有仰头眺望。

眺望，只是一种姿势，这种拔高望远的姿势，成为中国人几千年的定式。

我们在四四方方的围棋盘里生活了一定的时间了，时间是生命，但也只是数字，仅供参考。

一个被栅栏门牢狱久了的孩子，不知道自由的味道，是酸，是甜，是苦，是辣？

当然，知道将军庙离我家大概一百米远，站在瓦檐下，看见将军庙的人比蚂蚁大不了多少。

我很小，成人后才知道我比小草还小。

将军庙，其实只是一个历史的地名，丁字形的路口对丁字形的路口，像一个工人的"工"字，到底有好威武？

——我的家庭成分是工人！

拉卜楞寺

阳光，让蓝色的天空独善其身；
红色的袈裟，穿行净土；
黄色的僧房，打坐草原。

红黄蓝，轮廓分明的拉卜楞寺，组成生命的三色帆，在神性的引领下，慈航佛海。
夜晚的礁上，星星是耀眼的航标灯。
香火，袅绕着祥和；
经文，在念诵中风平浪静。

■嘛呢叭哞■，阿弥陀佛！

迭部跷起大拇指，赞美

扎尕那，天空很低。
星星，撒落在毡房上，卓玛顺手抓一把——
串成晶莹的镯子，戴在脚腕上，脚步更响亮；
串成透亮的项链，挂在脖子上，歌声更甜美。
扎尕那，大地很高。
绿草植入白云里，羊群牧入彩虹中。
炊烟，袅娜着吉祥如意的风，一个饱嗝，飘出茶香和酒香……
迭部跷起大拇指，赞美！

饮一杯水，醉成一壶酒

青稞酒、马奶酒，度数很低。
歌后酒，酒是三十度的柔情。
扎西、卓玛，热情很高。
酒后歌，歌是高八度的烈性。
喝酒令——一条牛，三只羊，八匹马，从八九点钟的阳光，放牧到吴刚捧出月光杯。
"酒喝干，再斟满，今夜不醉不还！"
酒嘛，水嘛！酒壮胆，水滋润。
我在甘南草原，饮一杯水，醉成一壶酒。

古丈的春天，来得特别早

1976年腊月十七就立春，1977年的春天，来得特别早。

冬衣挡不住春寒，来不及融化的冰，在顽固的零度下，拽住冬的尾巴。

急不可待的春，踩在交春的门槛上，由不得你冬。

身扎稻草，头佩草辫，土家人的毛古斯，在摆手中载歌载舞了；

老人击鼓，女内男外，苗族的团圆鼓舞，在一唱众和中团年了。

敞胸露背的汉子，林立在寒风里，威风凛

凛；

绣花饰银的女子，手捧拦门酒碗，盛满热情。

喜欢提前过年的古丈——

初春，很冷；春节，不冷。

呼伦贝尔，是近还是远

那一年，呼伦贝尔，越来越近。

就像阳光飘落。

飘落在呼伦贝尔大草原，天空之下，草原之上，云朵和羊群连成洁白的地平线。

我们在天空放羊，在草原牧云，自由的风从南方放牧到北方，蛇一样蜿蜒的旅程甩响长鞭，甩掉两点水的马，脱缰。

就像月光飘落。

飘落在呼伦贝尔湖，银河流淌湖水，湖水闪烁星星的鱼鳞，生活之网，网不住撒野的心。

我们在传说里奔月，所有的故事都响亮银色的声音。

这一年——

阳光还在飘落……茂盛的草原却稀疏了；

月光还在飘落……丰盈的湖水却枯瘦了。

呼伦贝尔，是近还是远？

威海，真干净

威海，真干净。

雪，洁白的雪，让我这并不怎么样干净的人，滞留湿黑的脚印。

在野天鹅洁白的翔舞中，我，似乎冰清玉洁了。

寒冷走了。

走在纷飞的雪花里，走在晶莹剔透的冰冻里——

我的生命，在封冻的行程中，期盼一丝阳光，或者是一线暖风。

扑打在车窗上的雪粒，一路叮叮当当……

风力发电机，站在风口浪尖，三片转动的叶片，让我看见了电。

有可能融化的冰，在等待春天。

在烟墩角，我看见了野天鹅

夕阳西下的时候，我衰老的目光镀上一片年轻的亮色。

在烟墩角，我看见了野天鹅！

平均十二岁的野天鹅啊，从遥远的西伯利亚飞来飞去，只有生肖的一个轮回，却超过了我近四个轮回的生命旅程。

从春天到春天，为了生命的繁衍。

从冬天到冬天，为了生活的温暖。

当夕阳残留的叹息，被野天鹅欢快的翅膀抖落，我仿佛回到了我出生的那一个黄昏——

洞穿天空的那一个弹孔，在滴血的啼哭中，结束了一场生与死的战争。

嘘，喜欢拍摄翔飞动态的摄影师们，别吆喝，别惊飞了雪白的平静。

世界，需要安宁！

被烫伤的时间，仍有回忆的温度

七月，去喀纳斯湖，温度很高。

目光与阳光贴在车窗外，强光，在对撞中聚焦成墨黑。

心与心贴在车窗内，呼吸，中暑。

用情勾兑的十滴水，再苦再涩，也有爱的味道。

老诗人于沙说，热爱儿童，热爱大自然，热爱美女。

火辣辣的车窗玻璃，是一扇亮开的心扉。

再热，还要爱。

许多年后，被烫伤的时间，在零下的冰天雪地，仍有回忆的温度。

我想见你，你在那里

我想见你，你是天山。天山有高峰，登上高峰是峭壁，等待我的是粉身碎骨。

我想见你，你是喀纳斯湖水。湖水有旋涡，跌落旋涡有水怪，等待我的是葬身鱼腹。

我想见你，你是呼伦贝尔草原。草原太辽

阔，脚印迷失在草丛里，找不到归途的路。等待我的是不断向草推移的毡房。

我想见你，你还是天山，等待无止境的攀登？

我想见你，你还是喀纳斯湖水，等待畅游的水鬼？

我想见你，你还是呼伦贝尔草原，等待吃草的羊？

我还是天真地相信仓央嘉措，见与不见，你就在那里。

生命的废墟上，绽开一叶嫩芽

高昌古城，没有了灯火，没有了炊烟。

坎儿井的清泉潜流了，一两滴泪湿不了干涸的土地，三五滴血染不遍赤色的岁月。

穿行在羊肠小道上，冷清清的风，除了卷翻几片黄叶，黄土仍是厚了又薄薄了又厚的黄土。

从酒家到戏台，见不到杯盏，听不到戏文。只有一粒鸟雀生吞活剥的种子在鸟粪的肥沃下——等待雨水。

我从江南生搬硬套到边塞的生活，怎样编撰土地与人？

如果将目光枯入黄土，再也不挪动浪荡的脚印。

也许，在我生命的废墟上，会绽开一叶嫩芽。

交河故城

三十年前，我游交河的时候，带着两千年的尘土。

库尔班大叔的热瓦甫，从历史的残垣断壁里隐约出弹唱，弓箭崩断的弦，绝响；

阿依古丽的小辫子，交织一种岁月的月光与阳光，在马车颠簸的铃铛里，锈绿了铜质的光芒。

阿里巴巴，芝麻开门，芝麻再也不开门。

那个土戏台，只唱皮影戏了。历史，都是皮毛和影子的演绎；

那盏庙台上的香火，无法再续前缘，只在刀光剑影里，袅着一缕狼烟。

三十年后，我再游交河的时候，干枯了两千年的阳光，即使躲在阴影下吸一根香烟，也会将一息尚存的生命点燃。

等

等在风中，身体被寒风凉透了。
等在雨里，心思被雨水湿透了。

站台，不是等车，是等时间，车可以拐弯，时间不拐弯。
路口，不是等人，是等心，人可以叉路，心无叉路。

等是双刃剑。
等在有限之中，路程再远，也有终点；
等在无限之外，耐心再久，也有极限。

风，暖了，那是火焰山滚烫的回忆。
雨，干了，那是坎儿井凉爽的怀想。

圆梦吴兴潘公桥

初一之夜，有桨欸乃一声，响入我的梦。
恍然间，我重返潘公桥。
一弯月，勾引了我的相思。

倒映在水中的吴兴，就像我那前世结缘的绣女，在丝绸上款款走来……
一丝一线的呼吸，比月光还纤细、还清纯。

尘封的钱三漾，荡开丝绸之源，乌篷船，承载历史的悠远——
五千年长的丝，很温暖；
五千年宽的绸，很柔软。

回想当年十五之夜，我幻入圆月，作茧自缚。
如今，五千年的等待，终于夜梦醒来。

破晓时分，舔穿蚕茧的吻，亮丽了我羞涩的相思。

在洞庭湖湿地保护区，我看见了鸟声

我看见鸟声了！
那是一群麻雀，在我的头顶叽叽喳喳。
洞庭湖的天空，不再寂寞。

我看见鸟声了！
那是一群鱼雁，捎来湿漉漉的语言。
洞庭湖的湿地，不再枯瘦。

我看见鸟声了！
在高倍望远镜延伸的视觉里，一群来自西伯利亚的白天鹅，伸长脖颈，吻响洞庭。
退田还湖，平垸行洪。

洞庭，返老还童。
重新长大，渐渐丰润。
在重生的洞庭湖——我看见鸟声了！
我用听觉，看见了鸟声。

即使呼吸濒临停顿，我就是你的氧
——忆写贞丰

除了双乳峰，还有哪一座高山，可以在引领中攀登？
除了夹皮沟，还有哪一个深壑，可以在缥缈中跌落？
除了生命泉，还有哪一汪清泉，可以在滋润中呛水？

有了你身体里，支撑我软肋的那一根骨头，我就在人世间站立——
一分一秒。

在你的崇山峻岭，也许不再种植带刺的玫瑰。
花，来不及开，就一败涂地。
撒播芳菲的鸟翅，承载不了狂风。

只要你的生命，在冷静的角落里，还珍藏一丝温热。
即使呼吸濒临停顿，我就是你的氧。

洞庭湖

小时，你的身体是蓝的，你的呼吸是蓝的。
八百里的蓝，盛下比八百里还大的天空。
我一拥入你的怀里，天空就飞翔了！

后来，你的蓝褪了。
再后来，你不再蓝了。

沙滩，赤裸裸的一丝不挂。
坑坑洼洼脚丫子，凌乱在孤鸟的哀叫里。
搁浅的鱼，只剩下瘦骨嶙峋的刺。天空，被划伤。

洞庭湖呀！
还未来得及为别人而乐，就开始为自己而忧。

我被干涸在浅湖中

洞庭湖的鸟，在弹丸洞穿的时空里，噗哧一声——
停电的视觉一样，坠落……

再也找不到寒冬了，更找不到暖春。
四季分明的江南，仅剩几只怪得没有尾巴的麻雀，在唏嘘着一两条模糊季节的曲线。

站在干涸的浅湖中，看一尾没来得及逃走的黑鱼，我知道——
我，被围困了。
无法回到生我养我的羊水；
无法吮吸我曾吮吸的奶；
无法呼吸我的呼吸。

银华，初春的故事之后

一个初春的故事之后，爱情的细节还未来得及经历十二年的轮回，就在一个莫名其妙的段落，戛然划上一个不完整的句号。

五一路的斑马线，成为找不到终点的省略，十字路口——

理智，色盲于红绿灯。

行走的感情，不知所措。

又一个轮回的初春了，从天空飘落彩云之南，语言在阳光下有了一点温度，而白天与夜晚温差太大，冬衣和夏衫穿梭在同一座古镇。

季节，在七弯八拐的麻石上，语无伦次。

今天的窗外，风和日丽，明天，试图走出空调房，不知可否有倒春寒？

想在西董住下来

我想在西董住下来。

老宅，深远的历史，却浅居不了时髦的浪漫。

房前屋后千年不息的流水，掠过瞬间即逝的泡沫。

一袭彝族的传统装束，穿过小巷，现实便古装了。

小桃园的桃花，飘落在火山岩青灰色的方砖上，凋零几瓣春的叹息。

我真想在西董住下来。

夕阳，斜过巷道，我苍老的影子，死皮赖脸地粘贴在土巷墙。

温泉，流到洗衣亭，凉了。

你遥指高黎贡山顶的余晖，已日暮西山。

感情的草原

没有草原任马儿驰骋了。

自从铁丝网分割了你和我，只有伫立的蹄印空响回声。

没有草原任牛羊咀嚼了。

自从栅栏圈养了你和我，只有如水的目光滋润饥肠。

感情的草原，已经退化。

生命，便是沙漠里风化的一滴泪，来不及听到湿润的哭泣。

诗人档案
THE POET FILES

□ 特邀主持　三色堇

JIAN MING
简明

雪，一朵一朵深入山体
它们不是在消失
而是在突围
雪只能消失在雪中

——《雪把雪传染给了雪》

简明

　　诗人，评论家，国务院特殊津贴专家，《诗选刊》杂志社社长。著有诗集《高贵》、《简明短诗选》（中英）、《朴素》、《山水经》（中英韩）、《八方》（中英）、《简明长诗选》（中德）、《大隐》（中英韩）、《手工》等15部，长篇报告文学《千日养兵》、《感恩中华》等5部，评论随笔集《中国网络诗歌前沿佳作评赏》（上下册）、《中国网络诗歌十年（2005–）佳作导读》（上下册）、《读诗笔记》等5部。获1987年《星星》诗刊全国首届新诗大赛一等奖、1989年《诗神》全国首届新诗大赛一等奖、1990—1991年度全国优秀报告文学奖（鲁迅文学奖前身）、三届河北省文艺振兴奖、首届孙犁文学奖、闻一多诗歌奖等多种奖项。诗作入选上百种权威选本。

主要作品

诗集：
· 《无论最终剩下谁》解放军文艺出版社　1988
· 《爱我是一个错误》中国华侨出版社　1989
· 《高贵》河北人民出版社　2005
· 《朴素》河北教育出版社　2013
· 《山水经》（中英韩）河北美术出版社　2016
· 《大隐》（中英韩）河北美术出版社　2017
· 《手工》花山文艺出版社　2017

评论集：
· 《中国网络诗歌前沿佳作评赏》河北人民出版社 2009
· 《中国网络诗歌十年（2005–）佳作导读》花山文艺出版社　2017

大 隐 （组诗）

在华山上，与徐霞客对饮

"再走一步，你将到达山顶
但是没有人能够越过自己头顶"
你的影子像刀子一样快
影子里居住着最后一个升仙的道长
我越想靠近你，你就越高
最高处永远是一个人的舞台
你坐在阳光身旁，神情不温不火
我承认：我追不上你的影子
正如华山上的植被，紧贴岩壁
却无法钻进华山的内心

华山以孤高名世，普天下
谁能与它齐名？云越低
越孤独，树却越高越独立
根扎一尺，树高一丈
一动不动的飞翔，才是真正的
飞翔！天地之间的行云流水
游人只观喧闹，喧嚣背后的故事
落在诗人笔下。诗人写春秋
也写风月，古往今来
只有一个名叫徐霞客的人
醉生梦死过一回

我渴望与这位独具风范的行者
在山顶上相遇，我们席地而坐
简明望着徐霞客
徐霞客望着简明
其实人生只有上山与下山
两件事，上山与下山
如同从二十岁走向六十岁
上山，你只管举目
下山，你必须把姿态和心
沉下来

山的身体里藏着另一座山
一双青花瓷碗在夜色中手谈
声音到达之前，我们前仰

或者后合，我们之间隔着一碗酒
和另一碗酒，隔着一个朝代
和另一个朝代
一碗酒一个百年
一碗酒几个乱世好汉

酒是液体的华山，四十五度不低
六十五度不高：酒是山中山
华山是固体的酒，四十五度不高
六十五度不低：山是酒中酒
一碗不醉人，五碗不醉心
我们像一面旗帜为远景所包围
凡人行走在去天堂的路上
仙人在归途

卡夫卡自传

我在地球表层刻下一刀
简洁的刀法，与我的命运相似

飞鸟留在天空中的体温
只有天空才能感知
风，什么痕迹也不会留下

一直往低处走，反而成为高度
我从未超越过别人，只完成了自我
我走了相反的路

我的偏执抑或深刻
羞于后人勘测

虫子说

树皮入药，树心喂虫
收获的时光，像树叶一样命短

尖锐的声音从树的心脏穿过
树叶成了树的子孙

虫子说
这个糟糕的地区是借用的

白马寺闲笔

1

去白马寺，必然亲往
否则迈入佛门的
便不是自我

世间三件事
不可替代，生死
和向佛

2

我来，是为了放下
放下头顶上的、肩膀上的
手上的

腰间的，嘴里的
脚下的
心中的

3

头顶上的，容易放下
它们自带光环，高高在上
远离俗世和凡身
从未照耀、洗濯过我

肩膀上的，容易放下
压力像荣誉一样或轻或重
它们挤压、按住我
而不是抬举我

手上的，容易放下
机会和命运，它们从左手
倒腾到右手，再从
右手倒腾到左手
货币在流通中增值了
它们没有

腰间的，容易放下
腰带紧了，腰包就瘪了

囊中之物并不常有
腰板从未硬过

嘴里的，容易放下
眼泪一入口就化
顽固不化的
藏进了牙缝里

脚下的，容易放下
坎坷不平的路
既费脚力，又费鞋
还费脚印

心中的，更容易放下
它曾经充满过
私欲和贪婪
现在空了

4

走在我前面的人，心情急迫
他们此行不是为了放
而是为了取

走在我身后的人，也不会
放下，他们目中无人
当然也没有佛

5

四面八方的杂念
从四面八方来
男人净手
卸下一生的劳顿
女人净身
叩上全家的头

请香最多的人
请了最少的愿
一时的虔诚足够一炷香
离开白马寺后
脚步轻了
心思却重了

6

有人此行，仅为开始

有人离去
便是永别

7

寺内寺外的钟声
养育了洛阳城
我来或者不来
古刹都在

故去的编年
什么也不会带走
1900 岁的婴儿
动静如初

雪把雪传染给了雪

跟随一朵雪和另一朵雪
爬上神农山。雪把自己分成了
我和我们，它和它们
低处或者高处，近景或者远景
雪，一朵一朵深入山体
它们不是在消失
而是在突围
雪只能消失在雪中
实用主义者往往在中途
就会被冻死
雪钻进岩石，不是为了取暖
而是为了证实：自己的强大

天空从来就不是
雪的故乡。雪一边舞蹈
一边飘落，谁能够让雪
重返高空？正如凡夫俗子们
只是神农山的过客
他们的庸碌幸福近在眼前
而一朵雪只需要
一朵雪那么大的地方
安置善良和故乡
它们远行，它们路过天空
抵达朴素的人间

雪，落到了阳光侧面
秋天下面，冬天上面

今年的第一场雪
注定要持续到明年的山岗上
没有一座山上的雪
像神农山上的雪那样
翻过一道梁又一道梁
一道坡又一道坡
它们从沟底爬上山顶
再爬十里
雪就变成了阳光
再爬二十里
雪就变成了桃花
再爬三十里，雪就变成了
一沟子的芬芳

像阳光把阳光传染给阳光一样
雪把雪传染给了雪
传染给了 15000 株白鹤松
让它们慢慢活
慢慢白
慢慢灿烂

发光的液体

伊犁河在上游交配
在下游分娩。急流分岔
像两条巨人之腿，一只脚
伸进马镫，一只脚伸出国门
源头至高无上！

风有时从下游来，有时
往下游去，哺育之恩在风中
往返。这些发光的液体
像醺醺的血脉，点亮故土
点亮两岸的一草一木

弱小的事物只能生存在细节中
它们像沙漠一样干净，没有水分
它们在眼睛里播种，在血液里
生根，在骨骼的软组织里
长出钙化的马鞍与骑手来

岁月的长势，有时会惊飞
一块草地或者一匹马

有时会停顿，像一只俯冲的鹰
一下一下敛翅，锋利的身影
让羊群炸开

细 菌

1

收缩，漫长的散兵线
一再收缩。身体内的火焰
欲罢难休

2

灭敌，或者被敌灭
细菌没有记忆功能
它们以自残的方式
感恩灾难

3

犹太人说：打不过你们
我们会考虑入伙。把你们的
强大，变成我们自己的强大

4

细菌仇视同化
它们日夜蠕动，疯狂交媾
比人类更知道
犯错的后果

细菌永远不走相同的路线
不与相同的天敌
作战

我将怎样迎合你死去活来的妖娆

其实，天空是被染蓝的
眺望一程比一程远
草原，一直蓝到天边
还有伊犁河水，液体的蓝
潮起潮落的深浅

奔流不息的芬芳

如果不是那样，自然香的女子
为什么像闪电一样就出嫁了
你骑着一匹多愁善感的马驹
从此无踪无影。如果不是那样
为什么你只用一天，百媚千娇
却用一生做女人？如果不是那样
为什么闻着你的体香
头羊不会迷途，野蜂
不会狂躁。如果不是那样
为什么，与你约会
头发和皮肤会变色
眼睛，会放射蓝光？

薰衣草之夜，没有一夜相似
我必须从第一片草叶开始
倾听下一片草叶的呼吸
我必须从第一朵花蕊，扑向
第二朵，然后是第三朵花蕊
我必须变成一只夜莺，翘首枝头
我必须一夜一夜诉说，为什么
拒绝迁徙和沉湎？我必须承认
我的暗恋，内心深处风生水起的革命
如果不是那样，自然香的女子
我将怎样迎合你
死去活来的妖娆

薰衣草之夜，浩瀚纵横
往南，最快的马蹄曾经追上秋风
朝北，同样的里程才能遇到春雨
自然香的女子，我对你的倾慕
足够一匹纯种的伊犁马
跑上整整一年！我必须
再造一座天空，让你染
再造一条河流，让你染
再造更大的草原，让你染
再造我们的眼睛，耳朵和嘴唇
让你染！

天天染，月月染，年年染
染蓝彼此，地老天荒

指向现实的高度

□ 李　南

简明的存在，是河北乃至中国诗坛的一个奇迹，此话并不为过。写诗近四十年，出版诗集15部，诗歌评论集5部，还有其他著作多部。比同龄人丰富太多的人生经历和阅历，比同龄人早十年、甚至二十年的知名度，低调的生活姿态，重要的诗歌奖（包括他"意外"斩获的鲁迅文学奖前身——1990-1991年度全国优秀报告文学奖），一个诗人该有的他都有。他在各大诗歌网站、论坛和微信诗歌群拥有数量惊人的"铁粉"，他掌控运作着中国最大的微信诗歌部落，培养了同样数量惊人的实力诗人，被誉为网络诗歌的"教父"；他执掌《诗选刊》后，彻底改造并大大提升了《诗选刊》的品位和品质，使其成为中国诗歌刊物的龙头之一。但他从不炒作、不张扬、不标榜。我们同时代写诗的朋友，很多人早就弃诗而去，坚持下来的也很少有人能超越自己，而简明一直认真地、执着地修正着自己的诗歌方向，他不断超越自我，他的诗越写越精湛。

在简明新近的诗中，我仿佛看到了他对自己另一种精神高度的向往：

不要像指甲，那么久地留恋手指
你知道：指甲会把手指带向何方吗
这些身体的树叶，它们拼命生长
只是为了让自己，更快地
脱落

你能到我的身体里来一下吗
像昙花，一下就是一生

——《暗器》

这是一个好状态。

简明自小在辽阔的新疆长大，他是喝着伊犁河的水长大的，在他早期的诗中明显带有粗犷激昂的抒情与言说元素。我能想象到那边陲的沙漠、草原以及无穷无尽的蔚蓝。这一切成为简明诗歌中唾手可得的图景，因此他的诗无论怎么写，都与小气无缘。如他写道："我们现在与一大堆积雪／共同成为一座雪山／／太阳距我们很远／山顶的雪／不知为何温柔无比／阳光就懒懒地躺在上面／／太阳躺在雪山的怀里／雪山躺在我们的怀里／阳光落下来的里程／与我们到达山顶／是一条路／／我们就冻死在这条路上"（《翻越雪山》）。类似宏大壮观格局的篇什在他早期诗作中多有出现。

在诗歌大量同质化重复的今天，近几年来，简明的诗开掘出了一条新的路径，那就是他的自觉转向，把视角投向日常的、具有寓言式的诗意化表述。这正是应了美国诗人弗罗斯特所言"诗歌从亢奋开始，以明智结束"。这种转向使简明的诗歌具有了穿越个人与群体、现实与历史的情感交错的真实的经验和隐喻的幻想性。"隐喻不仅提供信息，而且传达真理。隐喻在诗中不但动人情感，而且引人想象，甚至给人以出自本源的真实"（保罗·利科）。

简明的诗中用了大量的隐喻，他在事实尚未来到之前，通过隐喻预见事实，这种对世界的思考和透视能力，使他的诗句富有多重指向和某种"危险性"，从而更加剧了语言的现实力量。简明让读者和他一起思考，共同获得一种精神与人性上的领悟：

我目光中只有灿烂的事物
阳光、雪山、湖泊和草甸，表里如一
像布达拉宫

还有雪线，与我梦中的视野一样
辽远；还有雪线下面的甬道
让万物日夜兼程

还有紫外线：自上而下
尘埃，天光与地气
它们在天亮时就能融会贯通

天空隐藏着万千表情

我执着地拒绝笑，其实严肃

才是人类最大的幽默

——《天空：头顶上的道路》

　　著名诗歌评论家陈超先生在说到简明的诗时，称之为"清晰中的幽暗"。"它的清晰性在于，就其根本来说，生存和生命是以'问题'的形式存在的。将'问题'真实地呈现出来，使人看到它的互否之点何在，这才是高水准的清晰。"这里的"幽暗"即指他诗中的那不可直言的隐喻成分。

　　帕斯捷尔纳克早期的诗作以过于多的隐喻使读者不知所云，但到了他晚期的诗作却出现了澄明清晰的景象。简明的隐喻显然与帕氏不同，他的语言来自鲜活的日常用语，对读者来说，他智慧上的澄明省却了读者阅读上的障碍。

　　通观简明的诗，它们没有时下诗人高深莫测的自恋情结，甚至可以说少有技术层面的修辞，他的诗仿佛清透到底，但又时时抛给我们一个个巨大的震惊：

生也辽阔，死也辽阔

羊的出生地叫：子宫

草的出生地叫：大地

大小一蹉跎，生死两茫茫

烈马只有两种死亡：一种战死

一种跑死

——《草原跋》

君子之交，相交于高处

顶天立地的华山，正是江湖客的

好去处！古人占山头

仿佛坐天下：山上的女人

必然宽腕，山上的男人

必然宽怀

杨贵妃的肥臀，坐住了华清池

老皇帝李隆基却未能坐稳江山

纵横唐诗三百首：所有的事端

上阙始于床头，下阙止于心头

——《所有的人间大事都发生在山上》

　　我周围的诗人朋友在谈起简明的诗时，都说他的诗是哲理诗。其实大错特错了。简明的诗绝不是简单意义上的哲理诗，它承载了一些朴素的生存哲学，但更多的是对现实"问题"的指涉。它们是用哲学手段所无法解决的问题，是我们现实生活，是实实在在的、正在发生的真实事件。那么是不是诗歌中"现实性"就表现为生活中最具现代性的场景铺排？在简明的诗中我并未看到他在酒吧、高尔夫球场、摩天大楼上泛滥地抒情，简明的高妙之处在于他用了一种世俗的话语去充分地把握非物质性的、形而上学的现实性。

　　"诗歌介入现实生活"在当下喊得山响，那么是不是诗人直接就我们的生活现状用诗歌进行指摘抨击？我想这是不明智的选择。诗歌的审美功能决定了它不是杂文，也不是战斗檄文，它只是在把美和爱传递给读者。

　　因此，简明的诗少了与现实的直接对抗，更多的是对现实的呈现，带给人们更自由、更高层次上的宗教思考和人性启示：

赵县梨花沿着民间的海岸线绽放

一树一树又一树，口口相传

像花瓣接应花蕾，果实接应芬芳

梨花一年只涨一次潮

弯腰劳作的梨农

一年只抬一次头

汹涌的梨花

从道行幽深的柏林禅寺退潮

留下一地诵经的贝壳

——《赵县梨花》

自省之路，从命运的源头

出发，路遇太多的五味杂陈

受戒不是一群人供奉同一信仰

而是同一信仰，光照所有人

——《戒台寺》

　　2005年和2013年，简明的诗集《高贵》、《朴素》分别问世。这是两部比砖头还要厚的书，其中内容是他多年来优秀诗作的集合，可以称之为代表作，也都毫无悬念地分别入围了鲁迅文学奖前二十名。近两年，他又分别出版了《山水经》（中英韩）《八方》（中英）、《简明长诗选》（中德）、《大隐》（中英韩）等诗集，具有了明确的国际走向。沿着他创作时间顺序去看，不难看出，他的诗越写越智慧，越写越宏阔，越写越接近真理，最后，指向事物的本质。

　　爱上真理有时等于爱上残酷，这，需要诗人的勇气来担当。 [Z]

简明诗歌论：哲学与诗歌的博弈

□ 章闻哲

　　"每逢我进行哲学思考时，诗的心情却占了上风；每逢我想做一个诗人时，我的哲学的精神又占了上风；就连在现在，我也常碰到想象干涉抽象思维，冷静的理智干涉我的诗。"

——节选自席勒《给歌德的一封信》

　　哲学与诗歌的博弈发生已久。我相信，席勒的遭遇同样发生在简明身上。事实上，在诗人的大脑中，哲学一直魂牵梦萦，只不过它在大部分诗人身上是隐性的，偶尔出现显性，譬如席勒，譬如简明。在简明三十多年的诗歌创作道路上，曾经有过三次井喷式的爆发和三次极其重要的系统性总结，它们引人瞩目的成果是：诗集《高贵》（河北人民出版社，2005年）、诗集《朴素》（河北教育出版社，2013年）和诗集《手工》（花山文艺出版社，2017年）。

一、哲学显性——从简明的"姿态"说起

　　"哲学：工具不万能"——诗人简明在他的诗集《高贵》中给读者扔下这么一句，"高贵"就这样充满"姿态"地开场了。

　　简明的姿态是什么姿态？答案可想而知："姿态"即"哲学的姿态"。

　　"哲学的姿态"是什么姿态？上溯到公元前5世纪到4世纪的古希腊，也即柏拉图时代，在那里，哲学是贵族阶级用来巩固统治的工具，柏拉图哄抬哲人为第一等人，而把诗人赶入第六等的队伍。这不仅因为当时的希腊人把写诗与其他手工业、农业、烹调、骑射等具有"匠"性质的行业统称为艺术，更因为哲学在那时基本上是掌握在贵族阶级的手中。哲学在那时的姿态正是"高贵"，不可侵犯。哲学之所以高贵，正在于它的工具性，惟其所以工具，它才能居高临下，统领百科，垄断思想，它的姿态与其说高贵，不如说傲慢，甚至是势利。所谓"哲学：工具不万能"，同样意味着哲学本身对真理的发现和对人类社会方向的指引是受到局限的，它所指明的真理只能适用于一个或数个时代和社会，而不是全部。照此逻辑，我们尽可以对哲学再宽容些，我们可以允许其傲慢，因它对这个时代和身处这个时代的我们或许是有用的，但我们不能指望它穿透宇宙和整个时空，哲学非神。读者可以欣赏诗人简明的高贵与傲慢，并对其诗歌中含有的工具性甚而至于抱有感恩——这就是读者对哲学家和文学家们应持有的科学态度。你可以排斥，你可以附和，但我劝你最好抱有欣赏和感恩，我们需要哲学的姿态，需要这种傲慢的姿态来为我们这个时代的精神提神。

　　在文学界，这种高处的"姿态"极为稀有，但也并非简明独有，孤独而倨傲的才子大多有表现这种姿态的欲望，像《红与黑》开篇引用丹东的话："真理，严酷的真理"；像艾略特在《荒原》中的开篇：当孩子们问她："西比尔，你要什么"的时候，她回答："我要死"。西比尔

所要的"死"和丹东的"严酷的真理"有着同样平静背后的巨大沉默，文学家们都想让自己成为那个找到万物本源的人，都想找到这样一种效果：言既出，则闻声者立刻声噤，肃穆而醍醐灌顶。像上帝对着吵闹的人群训话：纷扰什么！抽出你们自己的一根骨头瞧瞧吧——当文本变成文学家们表现姿态的场所，这恰好又应了《艺术的故事》中开篇的一句："实际上没有艺术这种东西，只有艺术家而已。"这句话可以作为"姿态"存在的理由。但实际上我们有更合适的判断词，即：立场。"立场"对艺术家来说是本能的结果，也是后天认知的产物，而对艺术本身来说，则成为必然——没有一种艺术可以做到面无表情，不发一声，相反，它总有大声呐喊的欲望。

这可以作为简明姿态存在的最充足理由。

二、哲学：冷峻的狂热和清醒的审美

斯丹达尔们使用哲学是为了概括文本精神，而简明诗歌中的哲学，则更多表现为浸淫和入迷。认知是令人快感的，站在哲学高度上的认知尤其令人兴奋，在哲和诗的冷静外表下，简明对思辨的膜拜却是狂热的。打开《高贵》，光从标题我们就可以领略到矍铄而严谨的"哲学之象"：《对猴子的再认识》、《钟表：精确的误差》、《一种事物对另一种事物的依赖》……如果说《高贵》第一卷，简明已自动概括为哲学的精神，这一点似乎毋庸旁人赘述。除哲学篇外，《高贵》中还有战争篇，爱情篇，自由篇，它们又如何呢？我们同样可以在这些领域的标题气息中闻到哲学的冷峻：《消息树》、《想象死亡》、《掩体对话录》、《平庸的黄昏不请自来》、《成熟从被埋葬开始》……这里弥漫着一股哲学森林的迷雾，望之翠绿而幽深，似乎迎面而来的正是《查拉图斯特拉如是说》、正是《寂静的春天》……标题单刀直入哲学状态，文本则以"哲"为楔子进行雕塑，其形态亦无可避免地陷入"大卫的沉思"。

哲学对真理的企图正如简明对诗歌的企图：简明要的就是如真理般清醒而永恒的艺术。事实上简明哲学是什么呢？就像一棵树，树根越往低处，而树身越伸向高处，诚如简明在《卡夫卡自传》中所言："一直往低处走，反而成为高度"。哲学对其自身命运的发展了如指掌，正如哲学本身的高度，而掌握哲学的人则如掌握了银棒的音乐指挥家，轻轻一拨，音符即扬起或低伏，万物便讳莫如深，哲学的任务便是让万物臣服，开口说出实话。简明的诗歌正是带着这样的"臣服"企图而来。抛弃呓语，拒绝隐晦——这与口语诗无关，与其说简明写诗，不如说他是以诗歌为载体，来完成他哲学的思考。我们也可以这么说：诗歌以现象完成诗人的表层抒情，而哲学则以内质完成诗人的深层抒情。前者无序，而后者有序，后者更容易长时间地占领读者的意识领域，促成摹仿和借用，完成诗歌在审美基础之上教化意义上的价值使命。

但简明并非纯粹的哲学家，他的骨子里存在着诗和哲的双重属性，他的思考过程必然是一次博弈的过程。这样的过程充满着艺术布阵和思辨布阵的双重冒险。也正是这两种个性鲜明的阵地对垒和交战，构成了简明诗歌的独特体质，一言以蔽之，这种独特体质即：清醒。马克思说："思想的武器成了武器的思想。"哲学之于简明诗歌而言，我们也可以这么说：思想的诗歌成了诗歌的思想。哲学力图保持清醒，简明的诗歌也在竭力保持清醒，我们可以从他的《最后的对手》里一段对人生的回顾中审视这份清醒："只有英雄与女人统治过我的生命 / 英雄给过我野心 / 女人给过我欲望 / 这一切，构成一部男人的历史 /……英雄比我多了一次胜利 / 女人比我少了一次失败。"复杂的人生在加减法中凌厉地呈现，诗人的自我批判在自负而傲慢的辩证中破解了冗长的诡计，神清气爽地回到了诗意的审美轨道上。

当然，这"清醒"对一个杰出诗人来说，最终只能归于唯心主义者的"清醒"。诗人从根本上来说，他并无哲学的任务，诗人是歌者，他只抒发情感，表明态度和立场，他的哲学并非为了认识世界这一终极目标，而归于对诗歌审美意图的补充。同样，尽管哲学对诗人来说，它是一个企图统治诗歌的对象，但诗人的本质却要返回审美，他必须让诗性的功能最后凌驾于哲学的功能之上。如果诗是心脏，那么哲学就是动脉，它受诗心脏的指挥，随心脏的跳动而脉动。

正因为如此，简明为我们在诗中呈现的哲学现象所以是形而上的形而上，从一开始哲学的企图占领诗人的意志，而最终诗的功能将重新维持诗人的秩序，回归诗的本质。哲学何狂，但它是刚性的，诗者则以柔克刚，后者更胜于前者。如果让一个哲学家和诗人同时开口，诗人的话常常更具鼓惑力。所以如果你只看到简明的哲学，那并非对简明的褒奖。

正如成于九十年代、备受大诗人周涛推崇的《最后的对手》，如果你仅仅对一个诗人的兵法进行顶礼膜拜，那么诗人简明无疑将倍感失望："击毁对手为下 / 制肘对手为中 / 强大对手为上"。拿破仑说："假如我早日见到《孙子兵法》这本书，我是不会失败的。"《孙子兵法》一切目的为求胜，这是真正的兵家之道，简明的兵法却带有强烈的英雄主义色彩：击毁一个弱者，是对手的耻辱，惟有与强大的对手为敌，才是对手的荣耀，哪怕败在对方手下，也将是无上光荣。"至今思项羽，不肯过江东"，霸王的自尊最终让他成为万众瞻仰扼腕的悲情英雄，简明赠给读者的"对手"也正是带着《荷马史诗》中阿伽门农和阿基琉斯这样的古典主义英雄印记，自负，更且自傲："不君不臣不忠不义者不配为对手 /……专横跋扈自命不凡者不配为对手 / 好高骛远花拳绣腿者不配为对手 / 血气方刚有勇无谋者不配为对手……/ 不敢越雷池半步者不配为对手 /……不作为者不配为对手 / 小人不配为对手 / 懦夫不配为对手 / 不以对手为业者 / 不配为对手"。"对手"对对手的定义是带有偏见的，然而一部英雄史诗的辉煌正是由两个带有不同偏见的旗鼓相当的对手演绎而成。英雄不在乎失败，而更关心败在谁的手中，这才是至关重要的。高手的较量令人敬畏和仰止。显然，诗人心目中理想的对手是带有主观愿望的，英雄对对手品行海拔的主观性限定，使英雄形象得以接近大众，换言之，即他之于对手的审美是符合大众心目中那个介于高尚与褊狭之间的愿望，英雄身上具备的凡人因子，将在读者身上产生共鸣，惟此，他带着缺陷奔赴悲剧时才能让读者对悲剧感同身受。

悲剧，正是诗意建筑的核心。

简明的"对手逻辑"是一个不折不扣的英雄主义逻辑，一个悲情的逻辑。尼采在《悲剧的诞生》中如此言道："当两者（日神的造型艺术和酒神的非造型艺术）在永久的调和和不调和中，艺术才得以成为不朽……而希腊人凭借'意志'这个形而上的奇迹，使得他们彼此联姻，终于因此产生了阿提卡的悲剧（雅典悲剧）。"

这个悲剧诞生的说法同样适用于简明的"对手艺术"：当对手和对手在相互的膜拜和制约中，对手哲学才得以成为不朽。而对手之间始终存在着那份决一雌雄的意志正是对手们互相欣赏和互相敌对的联姻者，对手的悲剧因此诞生。对手之间的较量正如人类与自然的较量：自然孕育人类，人类仰赖自然，人类征服自然。人类与自然从和谐到敌对，再从敌对到试图回归和谐，这是一个痛苦的认识过程，也即悲剧的过程。对手同样：对手创造对手，对手之间的认识过程同样是曲折的，艰难的，惊心动魄的：

"自那个贯穿着悲伤与绝望 / 那个凄美的黄昏沉没后 / 一种情绪便从我的双足 / 自下而上地飞速生长 / 我因此变得极度惊恐 / 不敢行走 / 不敢说话 / 不敢睡觉 / 不敢造爱 / 不敢思考 / 不敢让眼睛自由飞翔 / 不敢让耳朵正常耸起 / 不敢在阳光下 / 干任何一件事 / 甚至不敢认为自己 / 活着"，这是《最后的对手》中最初的较量，对手颠覆了对手的世界，对手的秩序遇到了毁灭性的破坏。对手通过这场灾难成功地创造了"最后的对手"。新的秩序开始了，对手将认识对手，敬畏对手，学习对手，强大对手，最后击败对手，建立新的史册。

"现在，我躺在 / 巨大的时空之格中 / 人类的渺小 / 反衬着时间之空洞 / 仿佛最后的飞翔 / 永远无法休止 / 没有悬念 / 没有开始 / 没有结束 / 永无止境"，诗人简明发现：对手从诞生到毁灭，再到重生，对手是永无止境的，生生不息。简明对对手的这一辩证叙述，正是人类认识世界的方法论，简明为这一方法论找到了合适的象征体，从这一点来说，《最后的对手》这一具象和抽象的复合体被称之为经典的意象和不朽的艺术将毫不为过。

"他们像独来独往的蛇 / 身披四季迷彩 / 胸怀辽阔山河 / 蛇，惟有攻击 / 才能无足而立 / 柔

韧 / 吞吐天下冷暖 / 冬眠 / 蛰伏下一次杀机";"朋友是轿子 / 抬举你 / 对手是镜子 / 矫正你 / 朋友关注你的前程 / 只有对手 / 才真正关注你的才智";"对手都是行动主义者 / 善于伺机出拳 / 不屑屏息防守 / 南拳北腿 / 北棍南刀 / 招数不断创新 / 秘籍只有一个 / 先发制胜 / 一击克敌";"绝无伦比的事物 / 总是在最后一刻出现 / 终极的决斗 / 是意念之战 / 是王牌对王牌 / 是绝招对绝招 / 是共同的灭亡与新生"。每一次认识都不同凡响,每一次解剖对手都是生与死、存与亡的预谋。对手哲学就在这生死之间绽放出令人惊艳的诗意:哲学从悲情中回到了诗歌。

三、简明诗歌与哲学博弈的本质:浪漫主义和古典主义的交媾

在哲学史上,柏拉图和维柯,他们都曾把诗与哲学对立起来。柏拉图站在政治的立场上,把诗人蛮横地列入匠人行列,跟下九流混为一谈,却把哲学家放在第一等的社会人上;而意大利历史哲学家维柯更是经纬分明地把诗人看作人类的感官,把哲学家看作是人类的理智。但事实上,诗歌与哲学并非如此势不两立,从柏拉图时代往上翻古希腊历史,我们就知道希腊人最初的教育材料主要来自像"荷马史诗"这样的叙事诗,诗人在古希腊被公认为是"教育家"、"第一批哲人"。诗歌到底该以怎样的容貌出现在读者面前? 如果单从美学角度来为诗歌定义,那么我们或可从黑格尔的"美是理性的感性显现"中找到诗歌的答案——不光是诗歌,任何一种艺术都应该在感性之上佩戴理性或者说哲学的徽章,否则这"美"就是苍白无力,缺乏意蕴的,换言之即金玉其外而败絮其中——正如雅典娜如若光有美丽而无智慧就成不了人类心目中真正的女神一样。

虽然如此,哲学与诗歌依然是两个不同的范畴,但站在美的概念之上,它们既对立而又统一。这主要表现在:哲学的思考在原则上是反对感性而尊崇理性的,然而哲学又能深刻洞察和理解感性,更能认识到感性对于人类的不可或缺。哲学有其自身的语言美学,以及思维美学,追求真理即它至高的美学。诗歌同样具有探索自然一般规律的"生理需求"。这种"生理需求"充满着人对自身构造美学的尊重和赞美,充满着人性的真实与质感。事实上,理性与感性存在于人类每一个个体之中,惟艺术家与哲学家频繁地审视着这两种认知方式,形诸笔端,成就风格。

回到简明的诗歌文本上,我们说简明是理性的,然而光有理性并不能成就一位伟大诗人。我们发现简明诗歌中的感性,这毫无意外,意外的是,简明的感性并不缺少理性。一首《暗器》让我们看到简明骨子里不受理性羁绊的另一面,它是奔放的,自由的,甚至是蔑视传统的——这份天性对艺术来说是珍贵稀奇的,天才和后智都有江郎才尽的时候,惟自由不羁的天性可以使艺术生命常青。

> 你能到我的身体里来一下吗
> 像昙花,一下就是一生
>
> ——《暗器》

如果说浪漫主义有时不乏虚幻之处,那么简明的浪漫主义却显得真实远大于虚幻。例如尼采的哲学和他的散文诗式的《查拉图斯特拉如是说》,我们虽然也见到了尼采蓬勃蓊郁的反抗精神,见到了尼采的"酒神式的"精神舞蹈,然而,在查拉图斯特拉这个尼采的自画像身上,我们看到的更多却是一位智者,一位遗世独立者,一位傲慢不羁的精神领袖,因此查拉图斯特拉仍然是一位理性而冷峻的哲人,却不是一种生命体的自在形式。简明的自画像则再生在"卡夫卡"身上:

> 我在地球表层刻下一刀
> 简洁的刀法,与我的命运相似
> …………

一直往低处走，反而成为高度

我从未超越过别人，只完成了自我

我走了相反的路

我的偏执抑或深刻

羞于后人勘测

——《卡夫卡自传》

简明的浪漫主义修复了尼采这种纯精神上的偏颇，赋予了生命体以更真实可触的，强烈的形体存在感和温度感，例如《雪把雪传染给了雪》：

天空从来就不是

雪的故乡。雪一边舞蹈

一边飘落，谁能够让雪

重返高空？正如凡夫俗子们

只是神农山的过客

他们的庸碌幸福近在眼前

而一朵雪只需要

一朵雪那么大的地方

安置善良和故乡

它们远行，它们路过天空

抵达朴素的人间

——《雪把雪传染给了雪》

生命哲学在简明的诗中得以彻底地还原为生命自身的形状。我们从简明的书名（如《高贵》、《朴素》、《手工》），可以一窥简明的基本精神和一贯秉持着高洁的精神志向，为什么"高贵"，为什么"朴素"，为什么"手工"，又或者"什么是高贵"，"什么是朴素"，"什么是手工"，在简明那里是可以找到明确的答案的。这个答案简言之，即：对情感真实的维护与对诗性真实的维护。事实上，我们在简明的诗中，常常能够看到简明的"弱点"，这也是一个哲学家或者一个有良知的作家通常具备的"弱点"，它就是对真理的维护，哪怕这个真理对自我来说是完全不利的。例如一个出身于资产阶级家庭的哲学家马克思，毕其一生精力却是用来反对资本主义，而一个同样出生于旧式富有家庭的作家鲁迅，毕其一生精力却是用来反对旧社会。尽管诗歌并不对真理有惟一的要求，但诗人简明在其诗中所表现的哲学思考同样具备了一种"不达真理不罢休"的勇气。因此，也许我们会在简明的诗中看到一个放浪形骸的形象，甚至一个好斗者，一个执剑者的形象，而不是相反，一个谦和的，中庸的君子，甚至一个老成持重的学者或文人形象，但这恰恰反映了一个哲学思考者的本在精神，一个真诗人不羁的自由的形象——而这正是其手工打造的高贵与朴素之处。显然，简明有对自身的清晰评价，这种自我评价又不无带有挑战和傲慢之意，他试图向人们提问：什么是高贵？什么是朴素？什么是手工？而他的回答也是空前绝后的——"它的绽放不是为了炫色，而是为了绝尘"（《读诗笔记》）。

反抗精神，求实精神始终贯穿着诗人的精神史，这不仅体现在"哲学"上，也体现在"性感"上——在简明的诗中，古典主义和性感实际上是一体的，这是因为在其"性感"中恰恰蕴含着一种原始的牧歌精神，如："自然香的女子／为什么像闪电一样就出嫁了／……为什么你只用一天，百媚千娇／却用一生做女人？"（《我将怎样迎你死去活来的妖娆》）牧马民族单纯清澈的情歌风格与草原民族自身的奔放、豪迈的情感和简明的精神可谓十分契合，尽管它同时又契合了"性"的术语和"性"的形象，但却完全不能等同于"下半身"对于"性器官"的张扬而专一的宣泄性描写。对此，简明更有洞察：他认为"下半身诗人"关于女性身体的作品总是不可抑制地弥漫着下体的气味。他们对女性面部、颈部、腰腹和四肢等充满诗意与想象的部位，总是缺乏自信、修养与好奇心……相反，他们在女性的双乳和臀部上，却显出"野心"，表现出一种夸张的"暮年之渴"。简明对"下半身诗人"的揶揄，正好从侧面反映了他对自身"性感诗写"的严格甄别和自觉。无疑，简明诗中的性感更倾向于形而上的美学。这不仅是一位学者对性文化的诠释，也是一位诗人对诗歌、语言纯洁度的维护。

华山以孤高名世，普天下
谁能与它齐名？云越低
越孤独，树却越高越独立
根扎一尺，树高一丈
一动不动的飞翔，才是真正的
飞翔！天地之间的行云流水
游人只观喧闹，喧嚣背后的故事
落在诗人笔下。诗人写春秋
也写风月，古往今来
只有一个名叫徐霞客的人
醉生梦死过一回

我渴望与这位独具风范的行者
在山顶上相遇，我们席地而坐
简明望着徐霞客
徐霞客望着简明
————《在华山上，与徐霞客对饮》

不妨，让我们把诗的"真实"与哲学家的"求真"精神再次联系起来：当卢梭把小偷的罪名转嫁于一位女仆身上，他说"再也没有比这个残酷的时刻更让我远离邪恶了"，卢梭在当时毫不愧疚，甚至有点得意。他的这份得意在简明这里找到了同谋，这份善感的思辨让哲学家看起来不近人情，事实上不过是出于对这种思辨模式的叙述之崇拜而已。但笔者认为，卢梭虽有他不负责任的流浪者的气质，但是哲学家的忏悔却避免了基督徒式的形式主义，虽然同样不够虔诚，却直抵问题的核心。"残酷"和"邪恶"同时为被告和原告提供了最深刻的证词，而这正是比"痛哭流涕"的忏悔更有效的理性的自我批判。哲学将始终避免多愁善感的呈词。这种哲学气质在简明的诗中是前后贯彻的。但是与"不负责"的卢梭相比，简明却是极度"负责"的，正是这种"负责"将哲学的温度提升到了诗歌的温度。诗人在他自身的情感和语言的情感中表现为以"一生"为期限，他的情感以"人理"为基础，而哲学家的情感则以事理为基础，诗人"置身"于情感，而哲学家尽管在忏悔却仿佛置身于情感之外，似乎他所叙述的只是一件客观上存在，而主观上与他毫不相干的事情。简明恰恰是理智的，而卢梭却反而无理智，因为完全哲学的态度与主体的忏悔完全是两种人文境界。简明对诗的诸多独创性的观点，也正好证明了其古典主义向度上的规范与节制。

众所周知，规范在古体诗范畴内曾造就了诗体的诞生与辉煌，这些筑成诗歌史的诗体，除了代诗人言志，为社会立象，造就文明的同时，也揭示了规范对于诗体自身的正义性。换言之，诗，乃至文学的德性正在于其规范的形式和思想性。简明的诗文本以及与之贯彻一致的相关诗理论，正在或已经构架了简明大诗人的格局和气场。简明给予我们的不仅具有柏拉图理念上的正义美好，也具有严肃诗学上的探索和启示。作为极有代表性的当代诗歌文本，它无论在精神指南上，还是阅读兴趣引导上，还是在语言技术上，抑或在个性化的、非潮流性的审美品性上，都足资借鉴，堪为义本。Z

RUAN ZHANG JING

阮章竞

〔1914—2000〕

　　笔名洪荒，广东省中山县人。诗人、画家。13岁当学徒工，失业后流落上海。1936年参加"救国会"，并从事抗日歌咏活动。1937年北上太行山，历任游击队指导员，八路军太行山剧团指导员、团长，前方鲁艺教员。解放后，任中共中央华北局宣传部文艺处长、副秘书长，中国作协第一至四届理事，《诗刊》副主编，北京作协主席等职。

　　著有长诗《圈套》、《漳河水》、《白云鄂博交响诗》，童话诗《金色的海螺》、《牛仔王》、《马猴祖先的故事》，诗集《虹霓集》、《勘探者之歌》、《四月的哈瓦那》、《晚号集》等，另有戏剧、纪实文学和小说集多部。主编有《中国解放区文学书系·诗歌编》等。

阮章竞诗选

漳河水（节选）

漳河小曲

漳河水，九十九道湾，
层层树，重重山，
层层绿树重重雾，
重重高山云断路。

清晨天，云霞红红艳。
艳艳红天掉在河里面，
漳水染成桃花片，
唱一道小曲过漳河沿。

三个姑娘（节选）

漳河水，水流长，
漳河边上有三个姑娘：
一个荷荷，一个苓苓，
一个名叫紫金英。
河边杨树根连根，
姓名不同却心连心。
低声拉话高声笑，
好说个心事又好羞。
荷荷想配个"抓心丹"，
苓苓想许个"如意郎"，
紫金英想嫁个"好到头"，
毛毛小女不知道愁。

断线风筝女儿命。
事事都由爹娘定。
媒婆张老嫂过河来，
从脚看到天灵盖。

爹娘盘算的是银和金，
闺女盘算的是人和心。

不知道姓，不知道名，
不知道是老汉是后生。
押宝押在那一宝，
是黑是红鬼知道！

偷偷烧香暗许愿，
观音菩萨念千遍。
心操碎，人愁死，
三天没吃完半合米！

三月里，桃杏花儿开，
押的宝子揭了盖。
三尺青丝盘成卷，
抬过河，抬过川。

漳河水，水流长，
三人的心事都走了样：
荷荷配了个"半封建"，
天天眼泪流满脸！

苓苓许了个狠心郎，
连打带骂捎上爹娘！

紫金英嫁了个痨病汉，
一年不到守空房！

年年要过十二个月，
度过冷来度过热。
榆树开，花开搭戏台
姊妹们回娘家碰在一块。
无心看牛郎会织女，
无心看郭驸马"打金枝"，
三人拉手到漳河沿，
滴滴泪珠挂腮边！

桃花坞，杨柳树，
东山月儿云遮住。
漳河流水水流沙，
荷荷一泪一声诉：

"常阴天，森罗殿，
自从关进那砖门院，
苦胆拌黄连！

一锅要做两样饭，
婆婆骂硬，小姑嫌烂，
啪啪三巴掌。

人家端碗俺旁边看，
骂俺眼馋不洗衣裳，
张嘴'败婆娘'！

秃汉要鞋，小姑要裙，
贴工容易难贴钱，
俺没买花钱。

抽俺的筋筋搓成线，
也买不下婆家心半片，
还骂没针尖！

十七的闺女四十的汉，
光秃秃脑壳长毛脸，
活像个琉璃蛋！

马骡锅，骆驼背，
塌鼻子吊个没牙嘴，
黑心肝像鬼！

'媳妇是块烂锈铁，
揣在怀里暖不热'
婆婆骂得绝！

'老婆是墙上一层泥，
你要死了我再娶！'
放他娘狗屁！

哪年才把头熬到？
漳河你为甚不出槽？
给俺冲条道！"

秋风曲（节选）

秋风吹，叶儿黄，
片片吹落纺车旁，
手牵线线线牵肠。

线牵肠，肠牵郎。
天上刮风草结霜，
风来雨去打东洋。

好男儿，打东洋，
冲锋杀敌数俺郎强，
姐妹都夸俺有个可心郎。

一铺滩滩杨柳树——山村小景

一铺滩滩杨柳树，
一铺滩滩草。
一铺滩滩的年青人，
修渠上山坳。

一面一面的突击旗，
一朵一朵的云。
一阵一阵的 头声，
山响石头惊。

一道一道的山泉水，
哗哗淙淙地流。
一弯一弯的新水渠，
引下山泉了。

一抹一抹的红巧云，
照醉了绿杨柳。
一阵一阵的唱歌声，
哎呀呀喃
数我哥哥好。

鹿的地方——前天

阴山下，乌拉川，
天蓝白云净，
草绿露珠光，
风沙不起，一日千里。
黄河浪头破天来，
惊乱了，一天沙鸡。

卤莽的黄羊散天下，
叼着野花，勾引挑逗。
放荡的野鹿集河边，
欣演角影，卖弄风骚。
飞云影下，追逐、嬉戏，
大青山麓，求爱、情斗。
这老天不管的风流年月，
谁知道是从哪代开起头？

大青山上天苍苍，
乌拉山下草茫茫。
有个喇嘛来自远方，
云游云游到这草原上。
在这里，搭起第一个帐篷：
在这里，升起第一缕炊烟。
鹿的地方——包克图，
随着黄经青磬声，
吹遍蒙古大高原。

黄河渡口

昭君坟，古渡口，
风有牙，沙有爪。
黄泥水，打转流，
礁石嶙嶙不露头。
旋涡深又大，
一个吞两牛！

黄风躁，黄浪暴，
木船似要翻跟斗。
渡客在船舱直打抖，
艄公汗水透棉袄。
上岸回头伸舌头：
昭君坟，古渡口！

风难猜，云难测，
千古黄河惹不得！
蛇群乱钻的昭君坟，
月昏昏，草黑黑。
谁曾给古老野渡头
带来点春天的好颜色！

羊肠小道，黄沙路，
铲运机，开通途，
草原上要建钢都，
一夜春风把草吹绿。
黄河头，古野渡，
红白小旗翻飞舞。

大船横断水中流，
铁锚砸碎暗礁头，
钢钻探进黄河底，
战书下到老龙手！
浪低头，水发抖，
老艄公初次展眉头。

昭君坟，古渡口，
黄沙天，要改气候。
请看明天大坝起，
指令黄河分一道水。
捋去万年黄泥，
变作清水流。

等看北岸红炉照紫天，
来听南岸黄莺鸣绿柳。
黄河头，古渡口，
草儿青，野花娇，
艄公桨声欢，
渡客歌声好。

古渡口，昭君坟，

人造湖，水如镜。
做伴不是昏昏月，
不是寒星和流萤，
而是繁灯千千万，
紫光不灭的钢铁城。

乌拉山麓下

自古乌拉山麓下，
黄风漠漠老荒原。
昆都仑河水长枯，
青草无几日，
风沙三百天。

晨霜重，风如箭，
牧人袖手不扬鞭。
地阔天空骆驼瘦，
铜铃摇不响，
嘴鼻喷青烟。

白草茫茫天昏昏，
黄河呜咽千万年；
天舒地展无边际，
春风飞花日，
从不到草原！

一朝紫霞从东起，
春花红，草芽新。
红白小旗像飞花，
一下飘满了，
蒙古大高原。

推土机声压倒狂风，
卡车闯破了风沙阵。
石破天惊，河沸腾，
丘陵被劈开，
山岗被削平。

马萧萧，车辚辚，
机油人汗搅泥尘。
钢铲前头古荒野，
履带牙痕上，
钢铁街诞生。

赣南行

沿着赣江向南行，
清晨雾，罩群山。
沿川杨柳沿江绿，
一川绿水，一江白渔帆。

远山蓝，近山紫，
樟树似绿云团团起；
菜田吐蕊迎春来，
沿川铺了金毯子。

久站江边等渡船，
对岸云峰鹰飞扬。
柳林雄马声唤起：
当年红旗夜渡江！

青山、翠岭、十八滩，
杜鹃如血点斑斑。
红色战士的脚踪上，
骄松绿满红山岗。

溯河千里行·其七

黄河巨浪大如山，
排云落天奔海湾，
天荒地老，黄河不老，
咆哮万古为自由，
怎是蒋军"四十万"！

不拨安阳夜撤兵，
一盏马灯两位将军；
红蓝铅笔牵黄河，
潼关奔向张秋镇，
千里布战阵。

笔下浊浪东流去，
灯前炮车南奔来。
雄鸡报明金堤内，
刘伯承将军，
胸中千军已过黄河，

万马驰骋向淮水。

笔下浊浪东流去，
灯前万船出苇湾。
晨鸟啁啾绿杨岸，
邓小平将军，
胸中千军正过黄泛，
万马驰骋奔汝南。

不拔安阳夜撤兵，
刘邓将军发命令，
晋冀鲁豫二郎俊，
朱颜青鬓正少年，
争先跟刘邓，
点兵绿柳林。

不拔安阳夜撤兵，
赶做军鞋到鸡鸣。
水火无情心有恨，
国祸家仇等谁伸？
横针竖针全是恨，
托给远征人！

不拔安阳夜撤兵，
中国长天要放晴。
父敬儿子妻敬郎，
二锅头酒敬亲人：
喝干过黄河，
去捉蒋中正！

山村大道

迷雾，已经悄悄散去，
青峰高擎，晨星报明，
湛蓝似海的仲夏长空，
云雀飘荡，啁啾飞鸣。

田野，凉风微微吹拂，
清川绿浪，荡漾轻盈。
污染全消，肺腑舒畅，
噪音远去，气爽神清。

盛夏，万物生机勃勃，

鹰飞戾天，鱼追水云。
蜂飞蝶舞的山村大道，
牛鸣草地，莺啼柳荫。

我，沿着这绿色长廊，
越过溪涧，走进山村，
去录取沧桑大地，
泉语蛙声，风雨雷霆。

金色的海螺（节选）

他带着渔网，
来到海滩上。
他撒下了渔网，
朝着大海歌唱：

"大海睡醒了，
绿绸被子似的海水蹭动了。
东方要亮了，
鱼肚白的青光泛起来了。

看那一堆一堆的白泡沫，
多像一簇一簇的素馨花。
太阳娘娘在海底洗了脸，
一会儿就洒出金红的海霞。"

年年都有十二个月，
不管天冷还是天热，
他天天用好听的歌，
把太阳娘娘来迎接。

有一天，中午了，
海潮刚退了，
海风不吹了，
海不呼啸了。

大海平，平得像绿野，
平得像铺着一张芭蕉叶。
那些调皮捣蛋的小金星，
在蓝色的海面上忽明忽灭。

少年收起了渔网，
吹着轻轻的哨声。

他走过闪光的沙滩，
沙滩留下了很多脚印。

少年忽然看见，
一片金光闪亮，
有一条红色金鱼，
搁浅在白沙滩上。

小银嘴，一张一合，
红金鳃，一鼓一收。
那个闪着银光的肚子，
没有力气地一动一抽。

天上的日头晒呀！
海边的沙子煎呀！
一只贪嘴的老乌鸦，
拍着翅膀飞过来啦！

清　晨

多谢风雷刷净天，
晨空如蓝棉。
启明星欢笑，
半躲月牙边。
小鸟啾啾两三群，
顷刻千峰被喷成金。

流云舒卷晓风清，
树绿草精神，
前山云婀娜，
含情迎游人。
奋力策杖上青峰，
莫负此良辰，
留下终生恨！

阮章竞新诗导读

□ 甘小盼

阮章竞，曾用笔名洪荒、啸秋，一生创作过诸多歌剧、话剧和抒情短诗，而在叙事诗方面的成就尤为突出。1914 年 1 月 31 日，他出生于广东中山县一个贫农家庭。他只读过四年小学，13 岁去当油漆工，20 岁失业到了上海。后来，他在中国共产党的影响下，参加过抗日救亡歌咏活动。1937 年 12 月到太行山抗日根据地，曾任游击队指导员、八路军太行山剧团指导员等。1939 年被选为中华全国文艺界抗敌协会晋东南分会常务理事。

阮章竞出身贫寒，决定了他关注下层人生活的创作视角。其一生与中国共产党紧密相连，他用诗文记录下了中国共产党的抗战历史，也还原了共产党员不畏艰险改造河山、建设新中国的历史场面，新中国的历史在他的诗文中产生了深刻的印象。八十年代，阮章竞回乡探亲时谈到，写诗要抒发感情，写诗要有目的，要歌颂祖国大好河山，要歌颂好人好事，还要敢于揭露时弊，更不要怕打击报复，最重要的是深入生活，学习人民群众的好形象、好歌曲、好语言等。

其诗歌在思想上的特点有：

一是抒写中华民族反抗压迫、争取自由的斗争。他的许多作品书写时代的历史，高扬爱国主义旋律，洋溢着积极向上的人生观念与理想志趣。在《阮章竞诗选》"序言"中，诗人提到他之所以学习写作，除去个人爱好与脾性之外，更多的是出于民族解放战争和人民解放战争的需要。同时他也承认，抗战时期是决定他一生成长与发展的重要阶段，决定了他对祖国、对人民、对工作的根本态度。中华民族处于生死存亡的严峻关头，是选择个人安逸而置祖国、民族于不顾，还是拿起刀枪反抗外来侵略而置个人安危于度外，是他不得不做出的选择。阮章竞在那样一个特别的时代选择了后者。然而他也认识到想做一个诗人，不打败日本法西斯侵略者，中国所有的人都逃脱不了亡国奴的命运，覆巢之下安有完卵，没有人可以例外。阮章竞及其同时代的文学青年，生活在这样一个风云际会之中，在特殊的历史语境下创作的作品，与时代之间存在一种互为解读的关系。他们的历史使命、人生秘密、文学独特性，不可能不与新时代之间产生千丝万缕的联系。随着时间的沉淀，我们拨开历史的迷雾，可以看见我们的前人未曾注意到的复杂性和丰富性。抗日战争时期，阮章竞的诗歌创作最为丰硕，可惜因为日本侵略者在当时实行的"三光政策"，他的大部分诗歌作品都未能保留下来，一共只留下了三个剧本和四首短诗。就是在这些作品中，也回荡着一种激越与进取的旋律，我们依然能从中感觉到抗战时期人民的生活艰苦，与军民一心共同对敌的大无畏精神。如《牧羊儿》："日头凶，风雨恶，肚子饥，脚磨破！八路军，过来了，参军去，找哥哥！"（《阮章竞诗选》，第4–5页）有一些作品是诗人日后根据回忆，或走访当年的参战老兵而写下来的，如《秋风楼渡口》和《强渡汝河》等。一些诗歌从妇女的角度展开书写，如《秋风曲》："好男儿，打东洋，/冲锋杀敌数俺郎强，/姐妹都夸俺有个可心郎。/叶飘飘，报天凉，/赶缝棉衣捎前方，/行军打仗冻不着郎。"（《阮章竞诗选》，第3页）这首诗从后方牵挂前方，展现了全民抗日的时代面貌。如果我们细读他的作品，可以发现那些悲痛沉重的记忆，那些洒在中国大地上的鲜血，那些不畏生死、奋勇向前的战士们，重现在阮章竞的诗歌作品中，也永远留在后来读者们的心中。

二是揭示旧中国压迫人性，新中国解放人性的历史功绩。他的许多作品关注底层人民的生活，赞美广大劳动人民的勤劳、勇敢与智慧。阮章竞出身穷苦农民，幼时生活困苦，深刻地体会了底层人民的艰难苦辛。阮章竞坚持表现自己的真实生活，表现特殊时代下人民大众的喜怒哀乐，并且他紧随时代的步伐，与时俱进，反映现实的黑暗，让其诗歌作品具有较强的时代意义。在他的诗作中，总是洋溢着一种真挚的情感。步入文坛之初，诗人就是秉持一颗忧国忧民之心开始了诗歌创作，底层出身让他更能融入人民的生活中，也更能体会他们的艰辛与不易。从三十年代后期的抗日战争到解放区的"土改"，再到五六十年代的国家工业化建设，由人民创造的、改变了人民生活和精神风貌的大事件，都通过那个时代的人的活动表现出来。在他的诗歌中活跃着一批鲜活的妇女，勤劳勇敢、善良包容，是旧社会的受害者，也是新时代的创造者。表现"农民翻身斗地主"命运的《圈套》，体现土地革命时代婚姻自主的《漳河水》，以及表现时代变化的"工业史诗"《白云鄂博交响诗》等，都莫不如此。《漳河水》写于1949年3月，是继《王贵与李香香》之后又一部优秀的叙事长诗。阮章竞自己曾经指出："《漳河水》是采用民歌形式写的一首叙事长诗，是妇女解放的颂歌，反映了太行山区妇女解放前受封建陋习压迫的苦难，歌颂了在新形势下她们追求幸福生活的勇气"（《阮章竞评传》，第87页）。长诗通过三个妇女不同的婚嫁遭遇，刻画了不同种类的妇女形象，在民族解放的浪潮中从各自的婚姻桎梏中解脱出来。《漳河水》全方位地展现了解放区妇女获得解放、争取独立自主的特定时代风貌，同时揭示出了妇女社会地位离不开党领导的政治革命，更离不开深刻的反封建思想的革命，和妇女离开家庭走向生产劳动的社会变动。新中国成立后，围绕着至高喜悦的还有一些不良的风气，例如风行一时的"换妻风波"，艰苦时期同生死、共患难的糟糠之妻，现在以各种理由被下堂，而实际上不外乎是男子们的喜新厌旧。诗人对这一风气表达出极大的不赞同，并且用诗歌的语言表现出来，明确表达对时代不良风气的批判，这突出表现在歌咏坚贞纯洁的爱情的长诗《金色的海螺》中。这样的题材与主题，在当代诗人作品中很少见。

三是热爱生活，热爱家乡，热爱大自然。阮章竞身边的很多朋友一致认为，作为一个温柔的南方人，就算后来在北方的大山大水中生活，他总还保留着故土的灵魂，并且给他的作品以丰富的滋养。其诗歌创作的底色与其故土浸润的性情审美有关。阮章竞出生于卖鱼人家，11个兄弟姐妹让家庭负担巨大，又是布衣庶人，十分贫困，而他很小的时候就表现出对艺术的极大兴趣。寒门子弟行路难，阮章竞辗转读了几年书，为了学习绘画而圆梦，他才决定去做油漆工学徒。受中山勇敢、探险、务实、善思、精干的地域文化性格的影响，阮章竞坚决走出广东，到达上海之后，他又辗转各地，最后才到达敌后抗日根据地。在这一历史过程中，他积极汲取各种文化因素，对绘画、音乐、戏剧、诗歌都有涉猎，并都有所成就。与那个中国最早熏染海洋文明的家乡一样，诗人身上充满了一种积极进取精神。在漫长的创作生涯中，他所创作的作品特别关注现实世界，关心现实生活。特殊的时代背景，虽然要求知识分子首先做好政治宣传，虽然有时他因此而感到苦闷而选择下乡，而到了祖国建设的前线，却仍积极地投入到风风火火的劳动中，感受到祖国的活力，以及劳动人民的蓬勃力量。这充分地体现在《白云鄂博交响诗》、《乌拉山麓下》等工业诗中。"推土机声压倒狂风，/卡车闯破了风沙阵。/石破天惊，河沸腾，/丘陵被劈开，/山岗被削平。//马萧萧，车辚辚，/机油人汗搅泥尘。/钢铲前头古荒野，/履带牙痕上，/钢铁街诞生。"（《阮章竞诗选》，第52页）人力与科技对自然的改造，移山填海的壮举，都在充满豪情的诗句中被表现出来。同时，诗人在许多作品中还表现出对自然的亲近与喜爱，部分描写山野乡景的诗歌收入《山野的新歌》中。《小桥》和《一铺滩滩杨柳树》等诗作，欢快的语调，恬淡的心境，朴实的场景，如春风拂面而令人舒爽惬意。让我们读一读《小桥》里的诗句："榆钱片片水上漂，/做窠的燕儿吱吱叫。/烟霞横抹的柳林中，/驮粪的驴儿成队过小桥。"（《阮章竞诗选》，第15页）阮章竞抱着一颗雄心离开了自己的家乡，异乡的生活却让家乡在心中愈加深刻，因此他在许多诗歌中都流露出对家乡的怀念。在他的儿童诗中，那些大海、椰树林、讲故事的老婆婆等意象，都是其故乡生活与情感的印记。

在艺术上的新探索

在那个特殊的时代，中国的社会生活一切以阶级斗争为纲，要求文学艺术都要为政治服务，为政策宣传服务。在重重限制之下，阮章竞的诗歌依然鲜艳于艺术之林，以其艺术魅力滋润生命长青，在中国当代诗歌史上独占一席。其诗在艺术上的特点有：

一是在艺术结构上的"三幕剧"形式。阮章竞是一位诗人，同时也创作戏剧。他曾经在太行山剧团长时间担任编剧，他认为三幕剧的结构最为适合解放区的社会环境。他在长诗中选择多重对照、总分交叉的戏剧结构，先以一个总的叙述交代故事背景、引出情节，接着分述各个人物的故事，形成一种交叉叙述，将整个故事串联起来，最后可以进行总结升华。长诗中出现的人物、事件也具有多重对比的特点。在长诗《漳河水》中，作者首先用一个序曲交代故事的发生地，接着以"三个姑娘"简述她们在"父母之命"下的婚姻悲剧，再分述各人的婚后生活，以及从旧社会的婚姻桎梏之下获得自主自由的经过，最后进行了升华，歌颂共产党打破旧时代牢笼解放人性，从而赞美新的生活。结构上的多重对照，主要涉及以下三个方面：首先是在三个女性之间的平行对照，荷荷勇敢泼辣、苓苓机智聪明、紫金英软弱自卑；其次是正面人物与落后人物的对照，勇敢争取独立自主、自由权利的三个女性，和思想落后守旧的"二老怪"、惟恐天下不乱的"铁疙瘩"张二嫂之间的对照；还有每个人物自身思想和命运上的对照。紫金英嫁了个"痨病鬼"，年轻守寡，独养幼子，自卑而软弱，在荷荷的帮助下，紫金英与那些别有目的的男人断了关系，并靠能力为自己赢得了尊严。因为内容复杂，更加要求结构上的庞大。阮章竞选取了一种总分结构，先综述三个女人的婚嫁命运，接着分述各人追求自主独立的反抗斗争，最后以对"二老怪"的改造结尾，反映出整个解放区妇女的群像。总分与对照的无缝衔接，显示出高超的驾驭技术与艺术技巧。同时，在形式上不拘一格，根据内容要求而灵活变通。《漳河水》经常被用来与《王贵与李香香》相对比，其实两者并不相同。《王贵与李香香》袭用了大量的信天游原句，表现出对民歌艺术的消化不足，信天游两行一节的诗体特点，不足以支撑那样一种庞大的叙事，因此整首诗作显得比较零碎；而《漳河水》不仅采用信天游的曲调与诗体，灵活运用比兴手法，同时还借鉴了漳河地区流行的多种民歌小曲，如《开花》、《割青菜》、《四大恨》等。

二是从民间语言中改造升华出一种全新的诗歌语言。在他的作品中，除少量直接从民歌中抄录外，绝大多数是从群众的语言中取得提炼的，同时又有意学习和借鉴古典诗词的句式和词汇，作品既有浓郁的乡土色彩，又有典雅清丽的韵味，从而取得一种雅俗共赏的效果。如这样的诗句："河边杨树根连根，/姓名不同却心连心。/低声拉话高声笑，/好说个心事又好羞。"（《阮章竞诗选》，第275页）同时，其不少诗歌作品音律和谐，富有强烈的音乐感。茅盾曾说：《漳河水》"是能唱（不是朗诵）的"。这个评价不仅适用于《漳河水》，同样适用于阮章竞的其他诗歌作品。在战争环境之下，诗人需要将文艺作品转向口头传播，以发挥宣传效用。易于传唱的作品更容易为平民百姓所接受，这决定了诗歌常采用老百姓喜闻乐见的民歌体形式和富有乐感的形式。长诗在结构上分三部分，每部分开头都有一首"曲"、"歌"、"谣"，全诗结束，还有一首终曲《牧羊小曲》。向中国古典诗词学习借鉴的结果也就是这样，这样的特点根源于中国传统文学。阮章竞有为数不少的旧体诗，新诗中的韵律亦十分明显。阮章竞的新诗，押韵在句尾，如《乌拉山麓下》中，"原"、"天"、"鞭"、"烟"等，有些韵律并不十分严格，但大体还是有律可循的。他的儿童诗的语言形象通俗，讲究韵律，富有口语特征。为了符合儿童的喜好，不仅大量使用饶有童趣的语言，在韵律上更是十分讲究，并灵活使用各种修辞。改写版的《牛仔王》正诗前有这样的"小序曲"："天上有条银河，/人间有道珠江。/银河银光闪闪，/珠江闪闪银光"，读起来朗朗上口，容易理解，且富有美感。同时，语言通俗，具有口语色彩。在《马猴祖先的故事》中，老马猴生了三个孩子，名字分别为"尖嘴巴"、"小耳朵"和"短尾巴"，既符合马猴的形象特征，又具有相当的趣味。《马猴祖先的故事》篇幅不长，却总是能令人捧腹大笑。写马猴们的懒惰"翘起两个鼻孔到处闻，/哪里香就到哪里去"。马猴们偷吃老婆婆的粉果后，"搔搔脖子，揉揉肚子，/伸个懒腰，打个饱嗝"，活灵活现地展示出它们酒足饭饱后的惬意与满足。纵观阮章竞的诗歌，各个不同类型的诗歌的语言各具特色：叙事诗叙事细腻，语言精练；田园乡村诗遣词造句，优美生动；儿童诗则语言活泼，富有童趣。

三是人物形象生动，个性鲜明，灵动自然，注意人物个性的塑造，形象饱满。在《漳河水》这首长诗中，荷荷在解放前受尽欺压，解放后很快成为农村基层积极分子，心胸开阔，思想活跃，有时甚至有些泼辣。苓苓则热情爽朗，聪慧机灵，紫金英却善良而软弱。在长诗《白云鄂博交响诗》中，巴特尔、阿尔斯朗、海日巴尔、布尔固德、乌兰托娅等人物都是抵抗外来侵略的草原英雄，巴特尔等早期的英雄已经被神圣化，成为了传说。诗人对其子孙辈的后三者的刻画，就更贴近现实生活，并且与当年的抗日斗争联系起来。老一辈的人物对开山炼钢持一种抵制拒绝的态度，新一辈的英雄儿女则以开阔的胸襟迎来家乡的改变，说服人们接受新生活的到来。他们都是英雄但有各自的性格气质，因而可以说阮章竞诗中刻画的人物是具有内在灵魂的。儿童诗里刻画的众多形象，形态各异，各自的心理、语言、性格特质都符合人物形象的设定。在《金色的海螺》这首诗中，少年勤劳勇敢，善良纯真，天未亮就等着出海打鱼，出于怜悯救下搁浅的金鱼，为了爱情不畏艰险，不惧强暴，不为金钱所动，不为美色所诱，勇敢执着地维护自己的爱情。在《马猴祖先的故事》中，老婆婆勤劳有智慧，每天辛苦工作，蒸好的粉果一再被马猴偷吃，于是想出办法惩治那群小偷。马猴们身手敏捷常常偷吃老婆婆的粉果，结果留下了一个重要标志"红屁股"。在《牛仔王》中，牛仔王善良勇敢却自大，老庄头善良乃至天真，地主冷漠虚伪，国王心胸狭隘，突出了他们不同的侧面。诗人主要通过两种方式表现出这些：第一，对人物内心世界的刻画。在长诗《漳河水》中，简单地写到紫金英解放后的生活，却用了长达三十六行的篇幅让她倾吐了自己的精神痛苦，让人倍感同情。三姐妹在漳河边诉完婚后的痛苦生活后，诗人替主人公宣泄对旧社会的仇恨和对新生活的渴望，把抒情推向了一个新的高潮。在抒发人物内心情感时，诗人还善于借某种自然景观来烘托情绪，如三人漳河边诉完苦情，作者写道："声声泪，声声泪，/声声泪泪山要碎！/山要碎，山要碎，/问句漳河是谁造的罪！"（《阮章竞诗选》，第282页）融情入景，以景写情，表达得更加强烈动人。第二，通过人物自身的行动和语言来塑造人物，尤其是富有浓郁的生活气息的细节描写。二老怪一偷吞妇女的庄稼，思想上就彻底转变了，荷荷叫他跟苓苓赔个情："荷荷笑着下命令。/举手额前脚立正，/二老怪今天像个民兵。/苓苓捂嘴低声啐：/出什么洋相讨厌鬼！"（《阮章竞诗选》，第312–313页）这样的情节生动地表现了人物的不同性格。

四是想象与写实结合，浪漫与现实兼具。童话本就要展开浪漫的幻想，思绪要如天马行空，展现奇特瑰丽的想象，而如何处理想象与现实的关系，考验作家的功力。首先，其儿童诗作品充满浪漫与想象。《马猴祖先的故事》以童话的思维解说马猴红屁股的自然特征，因为不爱劳动的马猴经常偷吃老太婆的粉果，老太婆于是用木炭将锅台烧得通红，马猴偷吃粉果的时候屁股就被粘在锅台上，只好撕下毛皮逃走，这个疤洗也洗不掉，并且一代代流传下来，于是猴子便有了"红屁股"。诗人以一种给孩子讲故事的口吻，通过符合孩子心理与智力的想象，充满了童趣，于是寓教于谐。在以阶级斗争为纲的年代，曾发生批判"童心说"的争论，阮章竞对此不以为然。他曾说过："《海螺》诗，我完全是怀着一颗童心而写的……想象、语气、感情等，都曾用对孩子讲故事的心情。"在实际的诗歌创作中，也是如此。在《金色的海螺》中，勤劳善良的少年救了一条搁浅的金鱼，在打鱼毫无收获的时候他网到了一只金色的海螺。在他把海螺带回家之后，每天回家都会发现桌子上一桌丰盛的饭菜。三天后，他故意提早回家，却发现有个美丽的姑娘在操持家务，原来他救的那条金鱼就是海王的女儿，化身为金螺前来报恩。其次，在想象中寄予现实，借童话来批判眼前的现实。他的儿童诗不仅是给孩子的诗，也是写给成人的诗。阮章竞认为这首表达强烈爱情信念的诗，是有一定的现实针对性的。全国解放后，萦绕着自由解放的还有浓厚的换妻风气，不少人借着解放的东风满足自己喜新厌旧、见异思迁的贪欲。因此，阮章竞借由对爱情忠贞不渝、不畏艰险的少年，表达对当时不良风气的不满。以"童心"去憧憬，使作品更具情致。海螺偷跑到人间久不回海恐怕人间会被水淹，但又舍不得离开少年，于是少年前往珊瑚岛请求海神娘娘，一路上遇到了很多困难与诱惑。他划着船穿过掀起可怕风浪的大海，"撞破了暴风，压碎了大浪，向大海猛冲"（《金色的海螺》，第30页）。当他终于见到了恼怒的海后，海后以金银相诱，少年不为所动，只"生怕海螺走了"。之后，海后将海螺变成一个老态龙钟的老太太，让少年从成千个仙女中再选一个做妻子，少年坚持只要自己的海螺。最后，海后发怒，以少年的生命相威胁，少年依旧不为所动，终于感动了海神娘娘，从此他和海螺幸福地生活在一起。这故事具有强大的浪漫气息。长诗《白云鄂博交响诗》对雄浑风格的追求、强烈的英雄主义气概，萦绕着浓厚的浪漫主义色彩。叙事与抒情的紧密结合，也让这首诗洋溢着浪漫的抒情。在第一章《白云巴特尔》中，写后世对英雄的传说"流传一代又一代，/代代有人编神话：/都说有人在月光下，/看见英雄骑着马，/夜里巡游草原上，/踏着白雪迎红霞"，既有神话的夸张与抒情，又寓含了草原英雄守护草原以及草原儿女对于英雄的崇拜。英雄传唱是亘古不变的主题，诗人以抒情的口吻浪漫地表述出来，更加令人憧憬，也更能激发力量。

五是有不少新的艺术探索。表现在结构上对戏剧结构的借鉴与融合、语言上对民间口语的吸收、遣词上对新词的大胆运用、人物塑造上注重心理刻画等等。《白云鄂博交响诗》不是"诗"，而是"记录"，虽然是作者谦虚的说法，但长诗确实面临着一些问题。如工业题材和民歌的矛盾、神话传说与现实的矛盾，以及高大全政治要求与复杂性格刻画的矛盾等等，于是作者确定了从古代诗行中汲取形式资源的策略。古代诗行采用五七言体，整饬中又不失自由，可以让诗人投入更多的精力去经营内容、情节和风格。诗人并非严格恪守五七言的传统形式，而是结合内容、情感加以变通，或五言，或六言，或七言，或八言、九言等，灵活多变。

　　阮章竞诗歌的缺点也是比较明显的。那是一个不允许自我发声的时代，文学艺术依附于政治，为政治而艺术，囿于政治束缚，诗人很难放开手脚，真正为了艺术而艺术。阮章竞在创作的过程中，积极进行诗歌的新探索，积极吸收民间艺术的养料，而外国文学精华未能被借鉴吸收，当然就是一种遗憾。同时，诗歌内容也有一定限制，有些对于现实问题的表现，因为需要考虑到其他的因素而做了不得已的改写，或者被掩盖，或者被无视。在《白云鄂博交响诗》中，矛盾就被大大简化了，在草原上炼钢所受到的阻力，简化为思想守旧的阿尔斯朗的反对，微弱的反对之声很快就被海日巴尔劝服，很快转入卡车开进了内蒙古、蓬勃建设钢都的欢乐场景之中。其他一些作品在主题开掘上缺乏深度，主题比较单一，探索不够等等。那是特定时代环境所造成的问题，而不是诗人自己所能够把握的。当代许多诗人都存在这种现象，特别是五十到七十年代的诗人，其中又特别是从解放区走出来的诗人，似乎都莫不如此。一个诗人总是时代的产物，当然也是民族的产物。一个时代的开放与封闭，决定了一个诗人的思想与艺术形态，要想超越谈何容易？不过，我们要对其诗歌作品有一个总体上的认识：其建国前的作品多半取材于太行山区农民，书写他们的斗争与解放，吟唱他们的哀怨和苦难，他笔下的人物，都有着太行农村朴实的泥土气息。建国后的作品，多半是响应号召而创作的儿童诗，富有童真童趣，亦影射现实，寓教于乐，同样为诗人带来了声誉。六十年代诗人深入内蒙古，见证了钢都的成长与发展历史，并以诗的形式记录下来，成就了他的工业叙事诗。由于深深植根于民间文学，其早期长篇叙事诗成就最大，后来的儿童诗也大都取材民间，灵活运用生动活泼的口语，塑造出一些鲜活的形象。阮章竞在一生中笔耕不辍，积极进取，不断探索新诗的内容与形式，创作了不少优秀的作品，为中国当代诗歌的发展做出了重要贡献。Z

诗歌地方性及其他

　　对于诗人，对于诗歌地理性的过度强调与倡扬，也许可将之
理解为是一种行动上的文化的田野考古爱好，而在心理上它是个
体对知识分子身份的自我确认或期望的一种表现。

—— 赵卫峰

诗歌地方性及其他

□ 赵卫峰

A

　　地方特征或地域意味是诗歌写作及其理解的暗线。有时它甚至体现于语言的具体运用及录取方面。它在传统诗歌领域里相对更为显态，或以地理表征为显态，有时，又仅是行政区划下写作者群体性诗歌活动，后者的集合无论是为引起注意或性味相投显然都含有过多诗外因素。从宽泛的文化意义上看，对特定地域的着力的轻重，有时起到的作用又会相反，呈现独立与特色往往需要相应的前提与参照，这是一个变量，因此参照系的选择也只能是一个渐进的过程。由于写作者常常是以自以为是的个性去"针对"相对的共性参照物，这种选择（有时亦有与主流意识形态顺应或反弹）本身也包含着"投机"（无贬意）式的偶然因素在内。

　　类若一个人的村庄的精神指向、或相似的依傍情结是一种先外再内的印证过程，这同样存在一个度的问题。没有身外物就构不成对"自身"的反省与审视，只是过程中难免出现对"自身"认识的不客观与不准确而更多地含有拔高、自以为是和示优藏劣习惯，这也反映被知识武装后的头脑的复杂性。不只是知识分子，作为复杂而顽固的综合心理作用，对本乡本土精神维护的潜意识也贮藏在一般群众的心中。对于诗人，对于诗歌地理性的过度强调与倡扬，也许可将之理解为是一种行动上的文化的田野考古爱好，而在心理上它是个体对知识分子身份的自我确认或期望的一种表现。

　　没人会怀疑地方对个体生命及生活的影响，也没人能否认一方山水对写作的有益或无益的作用，这时常见的有两种情况：一种是"暂时"的轻视与忽视地理的影响，另一种是相反。这实际上也是心理作用，有时还可能含有一定"虚"的成分，虚荣，虚伪，甚至虚无——可是，世上应该没有无根的花朵吧。而这种"虚"的该或不该也不好定论，一个人对地方的认可与否其实也并不重要，地方其实也并不会因此受损害或抬高。在一定时段内，受某一审美趣味的影响和控制都可能使得生长生活在此地的写作者足踏本地——而其写作在表面上却与之无关，但这却非衡量一个人对本土认可与否的标准。有时由于文学体裁的限制，对地理文化的表面疏离，也可视作是文学形式、形态或个体的心理的调整。

　　强调地域至上同样也会趋向不切实际的极端之思。我们生活与写作肯定会受到特定时间与空间的牵制与作用，并形成一定心理定势，但写作以此为核心为主题就值得怀疑写作的目的，或至少会存在混淆主次的问题。即使特定地方让写作有山可循有水可依有特色文化可享之不尽，但写作并不是以此为最高目的的，文学与文化的地理特色，并不是为特色而特色的，而是为了立此存照——这时，它基本上就完成了任务——它把有效部分呈示出提供了贡献给时间，并成为其他的参照。如果徽班不进京，它就是地方戏，至多是可能至今还有生命力的地方戏，而京剧如果不兼容并包它又会是什么？

从"样板戏"这一渐行渐远的陈词，不能不让我们对传统地理诗歌款式保持一定警惕。由于对诗歌地理性的强调通常与传统文化的某一凸现部分合拍，与主流意识形态中的某一耀眼部分呼应，它成为了历来都被认可的另一种"主旋律"，问题也一直伴生膨胀，比如过程中就会出现对地理、地域、地方及民族文化的难免的"大"和"空"的宣扬，它还会滋生类似的民族主义地方主义保守主义等，这方面需冷静和客观看待。

假定一个国家由几十个行政板块组成，如果每一板块都认为自身是重要、伟大、惟一、优美、独特——等等，这些思维习惯导致的，大约远不只是文化心理上的夜郎自大式的狂妄与独尊。是的，事实上对具体的本土的强调，在强调之时已离开了写作本身或只限于作者个人因各种后天因素导致的主观或偏见了。远古的人们共同体的"图腾"观如果是因无知愚昧反而显得纯洁与纯粹，现在的乡土热风或地理发现论调则远远要复杂得多。

B

看："就广西而言，作为一个在地理位置及地貌环境上均具有特殊性的省份，理所当然要抓住这些天赋的特征，由此去发掘得天独厚的独立性质。……广西同时是……有独特的文化传统和诗歌传统。……广西诗人是有福的，因为广西这个地域为诗歌提供了很多得天独厚的生长元素，提供了无限的可能。广西诗人最应该抛开那种由偏远、封闭而及狭隘沮丧的心理，正视这些暧昧影响下的可能生长。"（引文来自网络，以下同。）

再看："湖北是内陆省份中与其他连接地方最多的省……地域文化的多样化和差异性，熔铸了诗歌色彩缤纷的审美形态。……当下的湖北诗歌……从创作的方法看，现实主义诗歌、乡土抒情诗、现代先锋诗歌和网络诗歌共在同一时空出现，……从写作向度来看，当下的湖北诗歌呈现如下特点：其一，以智性思维观照大千世界，思者之诗与诗者之思共在。其二，诗性与理性共同建构当下诗歌的话语存在。……其三，苍凉、柔韧与平民悲剧组接的审美追求。湖北诗人大多来自生活的底层，童年的单调、少年的刻苦、青年的遭遇在记忆深处凿刻出难以磨灭的印记，虽然诗人以自己不同的方式从事诗歌写作，但那种关注平民日常生活，表现生存悲剧的苍凉之感却随处可见……"（粒子）

——其实，将上面引文中的"广西"换成江西、山西、陕西等板块都是合适的。将文学贴上地理标签，从行政区划、地理文化（之优越感）等角度的这种总结模式多年来并不少见。显然，各省集中起来的结果，也是由"我省是"或"我市有"之类的坚定不移的自豪感或自信心组成"诗歌大国"。这种地理板块的心理划分，是中国特色，划分有时确实又打着过多的投机色彩、政治烙印和模式化语气并在那一时刻与诗性的距离又悄然拉远了至少一点。

如果把三十个已有一定历史与文化特征的板块通过行政方式再划分为三百个三千个小板块，这些小板块关于诗歌与文学的总结估计仍将是上述模式？！由此是不是可以讲"诗歌地理"表面看是类似宏扬独特的历史文化，实际上又不算是呢？其实，诗歌可以是但又不是地方历史文化的呈现与宏扬的最佳工具。再者，如果当事人不再附属于原有板块时，他又得调整他的倡扬对象，即使他不否定"隔壁"，但作为本能和可理解的种种原因他也必定要先为"自家"说话。譬如遵义如果从贵州划归重庆，它以后的类似表达至少又会以"大重庆"为心理出发点了。

不妨再把这个假设继续下去，把三百三千个板块细分再细分，到三十亿三百亿个板块时，大约最突出的就是自己了——原来，强调"地方"的同时也等于是在强调"自己"？这"个体"当然也不能笼统看待，福克纳那一张邮票大的家乡可以包含无边的思和事，大大世界，也要终于小小"个体"，回归到内心的小小宇宙，但，并不是人人都能成为福克纳，也并不是在出发时或过程中人人都如是所想。那么，这是不是恰好提示了"诗歌地理"这类概念的内核，并且再次提醒我们，个体重要，"我"重要，如此，就能更好辨识诗歌的主体性之在或不在了。

对地域性的强调必须以相对的地理面积来衡量，一定的"量"是谈论地域性的前提，否则难有量变，从这一角度讲，将一个城市视为一个具体实在的板块更为合情合理。虽然我并不赞同某个城市对于诗人的重要和数量有必须性，但得承认有时一个城市的诗歌基本就是或代表一个省的诗歌，或者影响了一个行政板块的诗歌写作。作为人类文明的特殊结晶体的城市也更能作为一种时间的相对固定的证据，想想河北，如果它因行政需要被京津分割，行政名称可能不再，但承德还在，石家庄还在。从地域到地方，也就是从面到点，也许今后充实与更新诗歌地方性倾向的合适方法之一，是用"城市诗歌"现实去更新、去充实明显带有传统守旧与无意地假大空的"地域诗歌"情绪。

C

这种情绪有时也难免逆反和极端。如有人对青海省的诗歌就定义为"弱势的地域不弱的诗歌"，其中憋屈与埋没感甚是明显："……种种现象表明，在过去的一个世纪中，中国诗坛对青海诗界的关注、培育……真可谓到了麻木不仁的地步"。那么，这原因能怪"中国诗坛"吗？或这原因能成为原因吗？作者继而叙述道："首先，青海诗人原籍的多元化是青海诗坛始终不能持续发展和繁荣的根本原因。……当环境改变、退休等诸多原因，这些青海诗人又大多回归故里安享晚年，或又随退休的父母迁回家乡，或下海飘泊世界，等等。无疑，这便形成不了强大的创作群体。""第二，青海省位于中国西部的死角，交通极不便利，文化的传播直至现在仍圈在自己广阔的体内，而很少如其发源的长江、黄河般流向全国。""第三，青海诗人的自卑情结左右着他们的创作心态。……第四，中国诗坛对青海诗界有意无意地藐视自然也是迫使青海诗界不能繁荣的主要原因之一。……第五，青海诗坛五十年来缺少领军人物。在更多的实际情况下，青海诗人似乎更喜欢单干！或者说不得不选择单干！"（章治萍）。"弱势"原因原来如此？诗人自己是如何理解诗歌的所谓的"繁荣"的呢？

其实，就本文所议，一个五百万人口的城市可以与一个五千万人的省区相较，但五百万人口的青海与一亿人口的四川似无可比性，这是不言而喻的客观事实。而当我们的注意力集中到行政区名时，这种比较就更虚妄而不实际。比如说云南诗歌，传达给受众的通常是：以云南这个地方为内容的诗歌？关于云南诗人及其作品——几乎约定俗成的概念也正如此。如此，诗歌之鸟的飞翔其实就受人为划界限了，它就只能算家禽了。但是，好像众目关注的有意无意正是家禽，毕竟，那些高高在上的尚未驯服于人的飞禽离我们的肉眼相对远些——具体说，对"云南省"内的诗人来说，其本土意识（肯定）很大程度又和自然环境（后期则以社会环境、经济环境为主）关联得更多更明显。

关于对地方性的强调，在盲从之外，我们倒也可以将之理解为本土诗人意图寻找与自然、民族文化和社会环境（现实、现时、现世）的对接的努力，尤其是文化全球化全国化步伐越发紧迫的今天。而且这种努力对于任一文化与自然板块都是进行时，同时又都是不够的，多在于重标不重本，临空蹈虚，故弄玄虚的想象与神经质的盲目膜拜，或是人云亦云的对地表特征、地理现象和简单的民俗风物事象的克隆式摹写。故而，这个貌似茂盛的领域事实上是种想当然的泡沫，地域角度的诗歌自古成效就不明显，想想，古今诗歌把哪一块地域真正写活了？离骚把两湖写活了？不，已归于文学史的它更多地提供的是一种文学体裁或形式。它更提醒的可能该是语言的创造及特色运用。

既讲到古，问题就还有，古人为什么不像今人这么强调地域（虽然他们也在"思乡"的同时有意无意地实践着，比如江南词曲边塞古风），古人的强调与今人的强调区别何在？这么讲多少不公平，古人已去而今人可以古为今用还可洋为中用，更可以享受多种学科和领域结果带来的便利和合力，但引经据典、随时接受新学术启发——可以反复说明地方的重要——并不一定就能证明"地理诗歌写作"的重要和必要性。因为诗歌——这种文体及其写作的特殊性无论如何也不可能承担或独立担负这一文化任务。诗歌对本土地理的态度，也许要讲求一个"平衡"才好，不有意忽视也不着力重视，不在文化园畦里喧宾夺主越位，也不要完全漠然而不涉及。它只是写作的前提之一，资源之一，也可以并只能是结果之一。

D

谈到结果——对诗歌地理意识的强化，在前述的主体性证明与语言探索之外，另种常见的附属品则是时常疏离写作本身的"自我中心感"——有时是自大有时自小，有时则是情不自禁的急于寻求参照的心愿，这个心愿有时还会过于强烈。不只是刚才所举例的青海，各省都存在着欲进入"全国"范畴才能体现自身的愿望，这除了作为本能的认同感，也有话语权欲望掺杂之因，这其实会导致实质上的落后与愿望的落空，还反映出思维的滞后——如果将青海诗歌与全国诗歌对比，这时的全国诗歌是什么，这时的"全国"作为标准或评判体系其实又能是什么呢？其实，也是具体的"省份"，"省外"而已吧？

如今，天堑不断变通途，火车早已开到苗家寨，以往所谓的地理差异形成的"隔阂"已在很大程度上不存在或改善，但对"信息"的接收效果却是千差万别，关键不是地方，而是人。而说到"省外的"或"外地的"——它当然就不是不变的，也可能不再是最新和最近的，如果倾向于比较，为了比较而比较，地方和民族特色也在这种以中心或主流为潜在标准中失真失重，个体的特色（肯定有）也会失去真正本色。

也正是在这样的大传播时空中，就地域及诗歌而言，强势文化是以传播为催化剂的以讹传讹的"纸老虎"，所谓强势通常是意识形态和作为俗文化主要内容的时尚和流行文化，在此，弱势文化的特性反而自有其独异与合理性。我们在谈论地理诗歌时，必需要以综合的参照系来寻找优劣对比同异。如果青海是诗歌弱省，广东按宣传可谓诗歌大省强省吧，按上述的文化强势牌子看广东省，它的背景是"全国"？特色是沿海？那么，何谓强大呢？这前提应该是"广东"本身能不能成为一种文化形式，这个形式的意义何在？

广东如今在某些方面确实比其他行政区更能突出地理的"板块感"，其市场经济发展及由之带来的种种变化与原有的（传统文化细节）交融，使得它在中国这个更大的板块上鲜明而有一定的自身个性。"广东"板块的凸起，又反过来映现了它本身和其他行政板块的问题，这个话题较大。简言之，如果不是经济的相对明显发展，广东板块的某些不可替代的标识将不会像现在这么明显，也可说"广东板块"出现主要是外力造成，是合力结果，如此看，其他内陆省份对"自身"的强调也有经济尚不乐观的原因在内。经济越发达，文化的融合、同化或整合力度相对而言就越明显。

但诗歌却只是文化大树之枝叶。广东文化形式，似是一种特定时段（社会转型后）的中国开放文化（意识形态、商业因素、移民、"拿来"……），它的其他部分则是岭南原本文化（当地少数民族、原住民和客家人文化）。融合后的广东板块最明显的优势是海洋般的包容，一种主动的吸收与消化能力——这正是一些省区欠缺的。但遗憾的是只呈散兵游勇式的广东诗歌虽然已有了相当的"量"却并不因此显出优势，仍呈枝叶式的它并未出现有力和真正先锋的诗歌潮流，没出现"里程碑"式的诗歌人物，也没出现科学与有效的重要的诗歌主张，也正由于"地方性"的突出，它只能是一面面彩旗但不是大旗。

这也显出了它作为特定地方的本来的不足。这个不足当然也是相对的。就如今从诗歌角度看，经济的发展水平可能形成一种特别的文化场或"语境"，但并不是诗文化的真正重要支撑。各省诗人因各种原因会集于广东，也不代表"广东"，广东当然也代表不了"全国"（各省），至少我们会觉得要寻找诗歌的广东的特色是有难度的，它不具人文精神的冲击力，不像诗歌的江南或上海，具备明显的人文脉络和传统文化资源。当然，一种广东特有的诗歌精神已初见端倪，譬如精神的自由度、物质化过程里的内心的更新。就这点而言，广东的诗歌贡献非常值得肯定。

E

其他"板块"也是如此，内陆地区对文化特质的强调，仍是一种持续的"内发掘"，不同的是一茬茬发掘者的身份的变化——这种身份变化又使得发掘工作确实像一种知识考古，它在每一代发掘者那里都有可能出现些新的东西。当然亦可能是用新瓶装旧酒。

对地理的强调，潜在的底线肯定是历史文化因素，延伸出对其的认识和理解后的理性判决，一种精神方面的反复定位。常见的倡导则是因为熟悉、感恩而导致的板块自豪感与记忆，其中有明显的感情因素在内，如恋母式的"一边倒"，这种"倒"有时也会显出失衡，譬如自我中心感、自以为是感、强调人无我有的文化优越感。当然有时也会有"弑父"现象出现——但这种现象更可能出现在一个相对狭小的范围内，如一个城市。

再如贵州——"山坳上的中国"，经济弱势、地理复杂、民族众多（这公文式的既有事实与本文前面引文何其相像），然当下的另种事实却是因特网和可口可乐依然穿山越岭像月光一样涵盖城乡，当从地理文学的角度谈论这一块众所周知的边地，我们又会发现"标准"这东西突然多余或失效了！就现当代文学而言，作为行政区的"贵州省的文学"其实并不倾向于本土，它更多体现于对主流意识的依靠姿态，有过多的体制文化思维特征。对"贵州"的地理意义上的强调，通常是在对民族民间文化的认识与理性发掘运用方面，就当地多数诗人而言，"贵州"是一种地理心理、地理层面上的共同感，而这种共同感与具体的应该的诗歌写作在很大程度上可以是无关的。虽然不排除活用与借用——像当地诗人文本里常见的"溶洞 / 钟乳石"意象等多少也与黔地到处的喀斯特地貌有关。

与不少地理板块一样，民间文学角度的对地域及民族（少数民族）文化的挖掘整理和彩绘加工，在很多区域内时常被挪作当代文学尤其是诗歌题材和"主题"，尤以史诗情结与神性倾向为主心骨。它当然重要，但不惟一。如果将之当作一种骨气、一种气质更好些？生于此处、活于此处、归于此处，"一方山水"永是环境与背景，这纯属自然（不自然的可能是一味地强调和故作姿态的不屑），它给本土子民的馈赠是与生俱来的气质，它是"骨肉"而非可换可弃的"衣服"。

每个成熟的写作者或明或暗都有、都不可能没有"本地气质"！而这种植根于又实则超于行政区划的本土心理，也能解决那种曾经的疑惑，譬如何为湖南文学？只是指湘人创作的文本，还是只是关于该地的文本？在本省媒体上的文本及作者算不算？生活在省外的"老表"又怎么算？屈原算不算？所以，作为一种个人心灵史，乡情作为一种本能早被深藏心中，既已安放在心，也许合适的态度是——把诗歌的视线与力量移向地方之外、山水之上、人中之人。

如今"现代性、数字化、地球村"给人类社会带来了福音，却也会将人类文化的区域和特异性毫不留情地抹平，这种变化已为众人所识，也引起有识者的焦虑，从文化心理上是必要坚持本土意识的，关键是有度。是保持明智，对本乡本土应该的自信、认同和亲切感是起码的前提，没有这个前提又怎谈得上宽广与博大？我们总向往远方，而对远方的人们，我们这儿也是"远方"，怎能忽略足下，在向外和"拿来"的同时忘了原地寻找和发现。因此，我们随时需要的是"历史感"，作为钙质的它是写作者最易缺少也是最为致命的，没这种感觉就谈不上明智，不明智，就会跟赶时尚而甘让自己落后，不独立，让自己轻易隐没于人海，沉入板结的公共话语和大众意识范式之中，写作意义必然打折。

诗歌地理是一个复杂的命题，事实上即使很简单的问题要达成共识通常也不可能，甚至达到共识也不等于就完成了命题。因此本文亦只属零星感悟而并没有具体针对性。 Z

桂子山诗歌对话会（下）

编者按：2017 年 5 月 6 日，由华中师范大学诗歌研究中心和《中国诗歌》编辑部联合主办的第四届桂子山诗歌对话会，在武昌桂子山隆重举行。这场对话会包括高校青年诗人百年新诗再出发演讲会、百年新诗成就与问题研讨会、百年新诗名篇朗诵会和高校青年诗人原创作品展示会四个大的部分。这里发表的十篇文章，即十位青年诗人所做的演讲实录，讨论了有关诗歌创作与理论中的诸多重要问题，体现了 90 后一代诗坛生力军对诗的思考和对中国诗歌命运的忧虑。他们的诗歌作品，本书将分期以专题形式推出，敬请关注与批评。

创无限的塑像

◎王子瓜

布罗茨基在他的随笔《一个半房间》中提到一件饶有意味的小事。那是他的童年时代，他常常和小伙伴们去一座教堂的花园玩耍。花园的周围是一圈铁栅栏，被几门克里米亚战争时期遗留下来的大炮托着。它们被倒置在地上，炮管由沉重的铁链拴在一起，小布罗茨基和他的同伴们就在这些铁链上荡秋千，并不觉得那片弥漫着教堂的熏香、又沉陷着战争机器的花园有什么非同寻常之处。有一天布罗茨基的父亲指着那些铁链，问他它们像什么，布罗茨基当时在读小学二年级，他说它们像数字"8"。接着他的父亲告诉他一个也许初中时他才会学到的知识：数字"8"的符号还象征着无限。这是小布罗茨基无法理解的，于是精彩的地方出现了，这时他问他的父亲："什么是无限？"

这是一个非常重要的问题，可是我们中间谁都不会去追问它。在获得了成长之后，很少有人还能意识到它的存在，而中年布罗茨基回忆往昔时却仍能记得他与无限初次接触的这一天，他的父亲给出了这样一个意味深长的回答：

"那你最好到那里去问。"父亲咧嘴而笑，指向大教堂。

我愿意将这段故事理解为一种诗的模型。花园泥土的气息、铁栅栏这样一些代表着童年经历的事物，与大炮、沉重的铁链这样一些代表着运行不息却不易察觉的历史的事物，一同构成了诗沉稳的底盘，构成了诗与现实、经验相关的那部分；数字"8"，作为一种符号，象征着诗的语言，它是两个世界的媒介，而教堂则将无限引来，它在花园的背后默默注视着这生动的一切，构成了诗与神秘、智慧、飞升的愿景相关的那部分。在布罗茨基跳跃有如挥刀的行文中，生活的窘困、童稚的天真与冲动、对世事人心的理解、对庞大帝国的局部速写，都由这段故事引向了诗的境地。

不过事实上第一次读到这一段时，我所想到的其实是另一幅景象：一个"无穷大"符号（∞）的塑像，它就坐落在复旦大学相辉堂前草坪的一角，我生活（更准确地说是路过）了四年多的地方。了解复旦的朋友可能知道，复旦校园里摆放着许多雕塑，漫步其中你总能不经意间在角角落落碰到几尊。这件无限的塑像被铸造成莫比乌斯环的样子，在从北区宿舍通向教学楼的路牙边，它观看过无数匆匆而过的人间戏剧。

拥有外形上的相似已经足够了，你完全可以将它视作那条将布罗茨基引向无限的铁链的复制品。但是当然时空转换，事情也已经有所变化：这件无限的塑像周围并没有犬牙交错的铁栅栏将它圈定，也没有什么沉重的铁链和大炮，围绕着它的只有轻盈而均匀的空气。我们从没在那里嬉闹和生活过，在那里没有故事和情感发生，它并不能构成我们记忆的零件。每天我们只是路过和无视，因此它从未真正在场。而另一方面，假若有一个小朋友也像布罗茨基那样指着它问我，"无限是什么？"我想我大概也只能像布罗茨基的父亲那样，指一指它的背后。不过那里不是什么教堂，而是数学学院，不远处还矗立着物理楼和生物楼。不知道它们是否也拥有回答这一问题的力量？

我想生活情境总是能够为诗分辨出一些神秘的印证。当我这样看待这尊塑像，我便也是在观察当下我们的写作现状和问题：一方面是对轻逸的偏好，另一方面是对无限的漠视。我的同龄人中有许多人将诗视为一种智力和语言的游戏，即便是一些貌似及物的诗，也常常流于意象的滑行，是消耗而不是伸展，不是赋予意象以充盈的生命。浮光掠影的拼接昭示着一种旅行式的生活，扎根的欲望被遗忘在眼花缭乱的未来之中。尤其是，如果布罗茨基的铁链所象征的那个沉甸甸的世界并未消失，狂欢就永远是一种意淫。

我常常听到这些朋友高举卡尔维诺所说的"轻逸"（Lightness）作为盾牌。我们的确应该认真读一读他的《未来千年文学备忘录》，然后认识到卡尔维诺意义上的"轻逸"以对事物沉重性的觉察为前提，他要改造的是但丁的世界，帕修斯手中的利剑并不是凭空挥舞，它斩向那令一切生命石化、象征着沉重力量的美杜莎。卡尔维诺的轻逸是一种处理和消化沉重的方式，而不是躲避沉重的方式，他借用瓦雷里的话说："要像一只鸟儿而不是一根羽毛一样轻盈"。

而与无限有关的那部分同样值得我们付诸努力。诗渴望触及无限，其背后是人类试图穷尽自己精神能力的欲望，像张枣在《大地之歌》的开头为我们所作的指引："你要试试心的浩渺到底有无极限"。在我们的故事里，数学学院对教堂的置换，映照着人类企及无限的责任在当代已由宗教、哲学、文学、诗歌，移交给了数学和自然科学。这固然不全然是件坏事，但我们已看到了太多的恶果。假如如今诗既不能伟大也不能幽微，我们就要考虑自己的视野、格局和口味是否太过局促，远不能与自己的前辈进行较量，遑论每一时代最耀眼的灵魂。优质的文学经验绝不是仅凭一己之力便可获得的，对文学传统而言，只有置身其中才可能改变其河道。汇聚，然后才是溢出，看看自己是否能够成为布罗茨基所说的"文明的孩子"。

站在这尊无限的塑像旁边，我考虑如何去称量它的重量，如何体认在它下方支撑着它的大地的肌理和质感，我考虑如何将这个雕塑焊在记忆的另一个中心，那个和希尼所说的"奥姆弗洛斯之石"对称的位置。诗人洛盏曾将本雅明对卡夫卡的阐释改写并展开为一种诗的空间图示，我要重新强调这一图示对我们这一代青年人的启示作用：

我的生活渐渐像一个圆心分得很开的椭圆，一个圆心是神秘的沐浴，一个圆心是经验的县城、不洁的熔渣，更准确地说，一个是热爱，另一个是牺牲。

真实似乎是一种无法被创造的预言性

◎ 阿 海

在当代诗人李志勇的一篇诗歌里，他写作了这样一种事实，一位记者采访一位因果蔬价格变动而深受其害的菜农时，这位口齿不清的菜农在多次语言尝试不清后做出了抢夺记者的话筒，并吞下它的举动，似乎这样他就可以表述出一种为人所接受的语言。这似乎更像是一种精神质的象征与隐喻，但更像一个悲伤的故事，写作在当下的环境里似乎变成了一种吞噬话语的运动，有时候写作这个运动似乎比写作本身与它写的事物更为重要，我们像一群群一个个写作的运动者围绕着一个规整的操场跑圈，刻意又显得像一个成熟的小宇宙一样破碎。

波德莱尔说我们的翅膀阻碍我们的行走，似乎从海德格尔起，诗与思就不可分割了，维特根斯坦甚至骄傲地说自己"像写诗一样写作哲学"，这种当我们写下就意味着我们已经属于了某种思的事物对我们的主宰越来越强烈，刻意的思与符号都可以被充斥进写作当中，这种浩大的准入感我想我们当下的每一个用语言呼吸的人都存在。谈论真实本身就是虚伪的，但我鄙薄地认为我们依然需要不断孜孜不倦甚至极为愚蠢地去寻求真诚与真实的写作。真正的诗拒绝排列，它本身就是自己的秩序，一个时代的绝大多数的诗都是虚伪散文的变体，这就如同生活，一个创造的生活的符号和在秩序外表下混乱的生活的符号。区别真诚与真实重要的一点在于，真实似乎是一种无法被创造的预言性，它源于拉锯，源于力，而不是简单经验的破碎重补与记忆的陶醉。

我们的写作不应该是自娱自乐的，甚至也不应该是脱离思考的想法的，如果说写作需要面对第二个人，更多的人，那么写作就应该面向未来，只有未来的人才是我们真正的读者。不需要以诗与思而绑架写作所创设的运动，但应该更为偏激地否定写作中的乐趣和想法，它全部的努力在于思考与语言。写作为我们每个独立的个体都创设了它本身的运动，我个人鄙薄地认为就是怀疑。当笛卡尔说"我思故我在"的时候，我认为他一定感受到了极为强烈的幸福感，这种来源于因四处搬运符号，因随意地变换事物，因扭曲了一切可耻真相后而感到的幸福。但这不是我们时代可复制的想象力的虚荣，这种思是一种巨大的怀疑，也一定是怀疑的本身，它近似一种怀疑的虚空，它进入我们的写作当中，不是虚无，而是一种仪式，一种写作中的神谕，一种面朝着人与神的写作本身的怀疑。"僧敲月下门"中反复的推敲成为了中国文化里脍炙人口的一种关于写作技术性的现象的解释，但我更愿意认为这个故事的核心在于，这位诗人在写作中充满着神谕，他最后的达成是以不断的改动而非确认，是以一种仪式感的怀疑到达而非对词语刻意的索求而到达。

因怀疑而驶向达成的写作都是具有偏见的，任何真诚的写作我想一方面是极具偏见的，另一方面也是宽容的，它不包括符号的流氓，同样地却包括了流氓般的符号。当下以我鄙薄的视野看，我认为我们的诗歌写作大部分都是一种流氓的写作，拒绝视野和未来，搬运着观念，捡拾着符号，在所谓风格的高台上建筑着一个被选定的自我世界，就像一个个海水不断上淹又不断向上建筑着的自己的岛，这样的写作必然走向天空茫茫的绝路。阵地的写作越来越像一种公共的信仰，虽然大家互为孤岛，但实际上却不断地复刻着，没有想象力，没有神谕，没有写作的仪式感与面向未来的勇气，每一个写作者都或多或少缺乏了一种良心。它不涉及我们的民主生活，而是在这个世界这个时代里语词与语词的使用者所面对的问题。举个例子，俄语的良心在1917年之前，在西方概念和东正教传统中，是自己内心的对话，1917年之后，良心一词几乎全部从官方使用中消失，被一些类似有着觉悟能力的词语所替代，它们虽然更为"准入"与适宜存在般的"精确"，却失去了对世界与个人达到较高级别的道德判断和自我标准。后来曼德尔施塔姆在个人写作中重新找到了这个词语，他用"SOVEST"这个俄语中表述"盐"的词语来代替"良心"，这看上去就显得苦涩而像一个人艰深的内心般难以琢磨。汉语似乎不需要面对语词的问题，我们的写作到来时，一切都准备好了，每一个词语甚至每一个词语背后可能的所有想象都被说出了，这让我们的虚荣心受到了伤害同时也是满足，每一条汉语的舌头都被安排好了，在任何环境里，最受欢迎的那条舌头告诉我们：它需要表达则代表了它需要被认同。这种看上去安全但实际上极为危险的写作将永远固化我们，使我们成为我们词语的虚假的主宰和写作的虚妄的奴隶。但事实上我们对汉语还依然处在学习的阶段，现代汉语诗歌不仅在时间上，在语言的空间上也是弱小的，我个人觉得当我们真实又真诚地去写作时这种可能性才会展现出来。词语的复活是波动的，而它可能死去的——这是一个词的无数倍——是它的牢狱，它以磨损而崭新。

讨论现代汉语诗歌和我们古典诗歌传统甚至是语言文化传统的关系的论题已经变得相当危险，它在这样一个时空错乱的时代里显而易见地被认为是一种时空的问题，但事实上，至少在核心上，我们与上一秒发生的语言和传统本身就形成了一种互为关照的体察，我们成为我们自己无数个阶段的文化的解读。对现代汉语诗歌来讲，古典诗歌传统是一次可能性的世界，对古典诗歌传统来说亦是如此，而对于它们之间——也就是我们现代汉语诗歌所要向古典诗歌传统所吸取的，我个人鄙薄地认为是对我们群体的取消，我们投向古典诗歌并非我们需要，是因为无论是现代汉语诗歌还是古典诗歌，它们都作为独立的人的个体为我们提供了同样的仪式感、神谕和对未来写作永远的生命力。我个人鄙薄地认为写作就是不断地去除越来越加深的内在，就像一个不断被使用的墨水瓶，实际上它在用抵消来完成。而取消内在实际上加深着我们的遗留，取消内在并不是取消了我们在写作中的内在性。在我们的写作的群体中，一切取消内在流亡者的途径都是愚蠢的，我们从未有过共同的道路，甚至我可以偏激地这样认为，对于写作来说，"我们"从未被实现过。而我认为，我们现代汉语诗歌最终要向古典诗歌以及它浩大的时空所寻求的，不是将要为我们所掌握的，而是它的秘密，它无法为现代诗歌所理解的那部分，"失去的秘密多如创新"，而它守贞如秘密的那部分最终也将被现代汉语诗歌继承。

以上是我个人一些鄙薄、不成熟的简单理解，它不是有用的，甚至可能只是单纯的无用，这种失败之物也让我着迷。谢谢。

小议当代大学生的诗歌现状与问题

—— 以武汉大学诗歌同人刊物《十一月》为例

◎午　言

在你夜深最寂静的时刻问问自己：我必须写吗？你要在自身内挖掘一个深的答复。

——里尔克《给青年诗人的信》

对于本届桂子山对话会给出的参考议题，我想避远就近，谈谈自己的看法。虽然此前和其他高校的一些同龄诗友有过交集，也对一些校园诗歌团体和文学社团有所关注，但毕竟了解不够深刻，所以今天我就以自己和另外两名同学（息为、立扬）在武大创办的诗歌同人刊物《十一月》为例，具体谈谈它的运作状况及其所刊载的诗歌透露出的问题，以期为观察"当代大学生的诗歌现状与问题"提供一个切口。

《十一月》诞生于 2014 年 11 月，迄今为止已有两年半时间；同时，我们还创办了名为"十一月"（whunovember）的微信公众平台，一直运营至今。草创时期的《十一月》是以月刊形式存在的，我们每月出一期"口袋诗"（简装打印的诗歌手册，封面由我们自己手绘，体制小巧，刚好可以放进口袋），每次大概印 80–150 本，每期 15 首左右的原创诗歌，然后分发给对现代汉诗感兴趣的本科生、研究生和各专业的老师。纸质刊每月中旬印好，"十一月"微信公众平台也会同步更新，线上和线下呈现出一种互为阵脚的状态。纸质刊外，我们还在微信公众平台开辟了"每周原创"栏目，每周（大概 5 天左右）推送一首原创诗歌，现在已经开始推出"有声版"。偶尔，我们还会在微信公众号上做出"特别策划"栏目，比如"穆旦忌辰"、"海子忌辰"等。每年 2 月，我们会推出"情人节特刊"，所有的原创诗歌都与"爱情"有所关联。接下来，我们准备每年做两次"副刊"（暂时命名为"实验室"），下一期的主题将会是"没有'的'会怎么样呢？"在下一次的"实验室"中，所有的诗都将去除"的"字。我们期待看到离开"的"字，诗歌能呈现出什么样的风貌，或者说，我们在进行一次"减法"实验，我们的枪口对准的是修饰语，尤其是形容词。

《十一月》的核心关键词是"新诗　青年　原创"，简言之，我们的宗旨就是办一个"同代人"的诗歌交流平台，主要立足武大，辐射武汉周边，同时也会向其他地方、其他高校的同龄诗友约稿。武汉周边的，比如华中农业大学的李一城、汉口学院的张伟、华中师范大学的文一止、华中科技大学的叶飞龙、长江文艺出版社的谈骁等人，都曾在《十一月》上发过诗，李一城、张伟已是《十一月》的核心成员。其他地方的同龄诗人，比如四川大学的莱明、复旦大学的蕨弦、同济大学的甜河、中央民族大学的马小贵、四川文艺出版社的程川等人，也是我们的约稿对象。至于武大自身的校园诗人，则主要有息为、立扬、午言、陈翔、述川、张朝贝、山魈、焦糖、索耳、张小榛、梁上、**轺**桥、上河等。每月下旬，《十一月》会举行该月月刊的"讨论会"，或曰"评诗会"，地点常设在武汉大学文学院中国现当代文学教研室，偶尔也会在咖啡馆、水吧和室外。"讨论会"主要是由"诗人读诗"、"评诗"、"诗人自述"、"修辞和写法交流"等环节构成，但其实并没有一定之规，"讨论会"的形式自由，通常都是各种想法的炸裂和碰撞。《十一月》的诗歌构成相对多元，我们不会将话语权给到所谓的"正确的写法"，各种路数的诗几乎都能在《十一月》找到位置，当然前提是你的东西是"诗"。现在的《十一月》已经基本找到自己的道路：我们愈发明确对新诗多样性的诉求，并试图为每一个写作者提供自由写作的空间，任其发展。在"形与质"的博弈中，我们更加注重的是诗歌精神，技艺和修辞固然重要，但我们不会沉溺于单纯语言的狂欢，今后也不会。

总的来说，《十一月》虽然立足校园，但并不局限于校园，它不是一个校园社团，而是一个由"同代人"共同撑起的同人诗刊。在诗歌写作的探索方面，《十一月》的成员各有特点，比如息为对人的心理活动非常着迷，近期开始对《圣经》故事进行改写，再比如陈翔的诗歌一开始就获得了现代性而且最近将城市经验的"惊奇与恐惧"展露无遗，而索耳的诗歌则极力熔铸了叙事的力量，立扬更加注重经验的"在地性"，伯竑桥的诗透出了难能可贵的烟火气，上河则从张枣和史蒂文斯那里获得助力等等，不一一列举。在交流的对话互动方面，《十一月》每月一次的"讨论会"是主要形式，每次"讨论会"都会持续 2–3 个小时，充斥着各种声音和思想的撞击。另外，在《十一月》的微信群聊里边，我们也会时不时地共享诗歌、诗评和其他与艺术相关的东西。当然，作为一个同人刊物，还少不了聚餐、约饭，以及随之而来的"互掐"和"清谈"。

目前《十一月》所刊登的诗作，大部分都是不成熟的作品，所以存在不少问题，以下主要截取三个方面来谈。第一，和"传统"的接续问题。第二，修辞的有效性问题，尤其是修辞的延展性不足问题。第三，诗歌写作的音乐性问题。

首先，来看和"传统"的接续问题。一旦涉及"传统"一词，就有必要厘清这个概念。"传统"通常被认为是世代相传的风俗、习惯、道德、信仰、思想等，和"现代"相对，但当"传统"一词被纳入到现代汉诗的讨论范围内，它更多地和艾略特的"传统"有所勾连。在《传统和个人才能》中，艾略特指出我们在谈论一个人的诗歌时，往往倾心于谈论他身上的异质性，即他的个人特质和透露出的新东西。但是，接下来他说，一个诗人诗歌中最好的部分，哪怕是最个人的部分，往往也是前辈诗人最努力表明的不朽的地方。换句话说，诗人和诗人之间总有共通的部分，哪怕时间跨越千年，但有些质地却始终沉淀并积蓄在那里，实际上那就是诗歌本身延续的宝贵"传统"。所以，"传统"除了其表层含义，更是"具有广泛得多的意义的东西"。然而，《十一月》的很多诗人，包括我自己，都还是一个刚刚起步的习诗者，正处在一个漫长、有趣的学习期内，从而不可避免地和"传统"的接续存在问题。这里，"传统"指的不是把我们代代相传的习惯、风俗纳入到诗歌中，充当一种写作元素，而是一个更广阔的诗歌本身的"传统"。要想进入这个传统，必须依靠阅读。中国的新诗从"五四"发出新声，至今已经百年，我们需要了解这一百年来诗人们所努力表达的"不朽的东西"；同时，西方的现代诗作为中国新诗的借鉴，我们更需要靠近、学习，了解一代代诗人身上流淌的共通的血液。只有这样，我们才能真正地将自己的写作置入到"传统"中，从而更好地表达自己。对于崇尚"自生性写作"、"野蛮生长"的诗人来说，我的观点可能与之相左。对《十一月》来说，我们也会珍视每一个新的声音，但我们仍希望大家的路子能和诗歌"传统"接洽，走上一条纯正的艺术道路。现阶段，《十一月》的很多诗歌还仅仅局限在"说"出来，和"传统"的接续有很多不足，解决这个问题离不开长久的努力和锤炼。

第二，来看修辞的有效性问题，尤其是修辞的延展性不足问题。修辞对于每一个写作者来说，都有非常重要的意义。好的修辞一定是"抓人"的，这种"抓人"的修辞才是有效的，然而《十一月》很多诗的修辞，还仅仅停留在"练习"维度。试举两例，比如《雨水》："喝下一碗雨水／我就会像春天一样潮湿"，这个比喻只是简单地将雨水和春天的特征联系起来，将个人的情感和季节做了一定连结，但比较老套，想象也很直线，不够"抓人"；比如《爱情电影》："我像收集爱情那样收集最好的电影／但真相是／正因为收集不了爱情，才去收集电影"，也是仅仅把"电影"和"爱情"建立了简单的对应关系，浅显、直接，没有创造出惊奇感。这两首诗都是《十一月》早期的诗歌，修辞的有效性远远不够，当然这样的比喻并非完全不可取，只是生命力显得有些弱，仅仅到达修辞为止，没有显示出延展性。最近《十一月》刊登的诗歌，比如索耳的《X场景》："我认为应该跟你谈论些什么，／你忍住了，那些词语的碎屑掉在地板上的样子／明亮而微温的样子。你总让我想起，／每次我阻止你做一些事情的时候，／你像一台推土机，转过身去／要把围困在我们四周，所有人四周的高墙推翻。"截取的这个片段，在修辞方面展现了很强的生命力，诗人没有把比喻圈套在框架之内，而是在"推土机"后面继续挖掘，将背后的可能性悉数给出，直取诗的核心。这样一来，修辞就达到了"抓人"的效果，从而给诗歌文本带来了多方面增值。修辞的有效性问题，尤其是其延展性问题，将是《十一月》的诗人们努力攻克的目标之一。

第三，来看诗歌的音乐性问题。最近，李章斌老师将诗歌的"音乐性"问题一再提及，甚至尖锐地指出当代诗歌批评缺席了"音乐性"这一重要批评维度。在谈论多多诗歌中的"音乐性"时，他指出，黄灿然是最早指出多多"用音乐来结构他的诗"的评论家，但没有做到细化和深入。在《多多如何用音乐来建构诗歌？》中，李章斌指出，多多自觉运用句式、词组和语音的重复与转换，用音乐因"体"制宜地构造出多种诗歌结构，将诗歌的音乐性和汉语的生命紧实地统合在一起。在《十一月》刊发的诗歌中，音乐性是普遍匮乏的，我们虽然着力于节奏的跳跃以及诗歌自身的呼吸，但却并未在音乐性上形成自觉，对此有所实验的诗作寥寥无几，刘东昊的《水姑娘》、山魈的《当星空烂开了一个口子》是为数不多的例子。虽然现代汉诗并非都需要音乐性来撑持，但是作为一个以"丰富"和"多元"为追求的诗歌同人刊物，我们需要在这方面做一些拓展性工作。即使会出现一些失败之作，我们也应该将诗歌中的音乐性逐渐激活，进而丰富它、充盈它。

里尔克在《给青年诗人的信》中告诫我们，"我们感受身体的快感并不是坏事，所不好的是：几乎人人都错用了、浪费了这种经验，把它放在生活疲倦的地方当作刺激，当作疏散，而不当作向着顶点的聚精会神"，我想，这句忠告适用于每一个《十一月》的诗人，也适合每一个青年诗人。最后，以斯奈德的一首诗作结吧，《诗歌怎么样来到》：

> 它跌跌撞撞越过巨石
> 而来，在夜间，它停下
> 惊恐地驻足于我的
> 篝火的外围
> 我走上去与它相会
> 在光的边缘。

以自我经验浅谈诗歌写作中的语言

◎莱　明

　　首先感谢各位老师、诗友，感谢主办方的热情邀请，非常荣幸有机会参与这场主题为"当代大学生诗歌写作问题与现状"的讨论会；作为一个诗歌学习者，我深知自己并不能代表同龄人发声，仅以个人名义发表一些观点，也希望能以自我写作路程上的现状与问题，为大家提供一个观察大学生写作的角度。

　　既然今天我们汇聚在此，以"当代大学生诗歌写作问题与现状"为题作一场意义深远的诗歌对话，想必大多数人对于诗歌的理解不再是只将其作为个人化的小抒情和自娱自乐（虽然最初我们接触诗歌时或多或少会基于此原因），而是怀有一种诗歌抱负与文学使命感的创作。一首优秀的诗歌应该是进入未来的，它的完成是将自己掷入文学的海洋，从而令其他作品的空间与坐标发生改变和微小的位移。因此，我想借此机会谈谈对此的理解，希望能从建设的意义上给诗歌带来些什么。

　　尽管有人会说，在某种意义上每个人都应该是诗人，他/她对生活或多或少有种诗意的态度与追求，某时刻在心中会有对事物的诗性感触与理解，但我想我们谈论的严肃的诗作必将是落到文字层面上的字句组合，它是工具、是载体也好，还是说它本身就是某种诗意的存在也罢，事实是我们谈论诗时总是绕不过语言这个层面，或者说它所对应的就是"怎么写"这个问题。我将"语言"视为一个诗歌写作者应该具有的最根本的能力，它应该区别于我们日常交流的语言形式，它的特质应该源于自我经验的独特发声，有诗歌写作者自己的呼吸节奏与情感逻辑。一个诗人的敏感来源于他/她对字句的选择与把握，在将所听、所见、所思转化成语言的时候应富于形式与节奏感，且不失其准确性。换句话说要想对一个东西理解，首先要在语言上抓住它。

　　今天，我们生存环境急剧改变，经验呈现复杂化且在不断拓宽其边界，曾经聚居于想象中的物已被拉入现实行列，奇特感和距离感的消失让其变得平常而乏味。我们的身份同样在这样的变化中受到挑战和质疑，我们的发声方式同样需要因着身份的改变而改变，不论像是朱光潜所说"朝阻力最大的路径走"，还是如马永波所言"对难度写作的再倡导"，都是对诗人提出的挑战，本真因着它不是某种胁迫性的进程，而其根本是一种自发的更新过程，在目前难道不应显得格外明显吗？正如你的每一次视角转变（这让我常常想到自己作为一个"观察者"的角色写作时——如游记诗，描绘事物表面，而不能如"生存者"一样与周遭呈现共存性，具有"共温度"性）所带来的感触变化，都将扯动你的整个语言结构网对其做出相应的调整，这时或许你就需要带入新的词汇、句法来表达新的感觉体验。在此，诗歌写作的技巧就显得尤为重要。

复杂化、陌生化、修辞和比喻，显然是这些诗歌写作技巧上的某些方面，尽管这也成为了批评家们和读者们指责的原因，但我认为这在诗歌精确表达、诗歌不断精进和拓宽语言边界的目的上，是种行之有效的努力，是在离开"柏拉图的洞穴"。试想一下，如果世界上每一种状态都有与之对应的词汇与表达，我们就能尽可能地消除理解的误区，快速准确地呈现，对意义抵达得更接近和更好地理解。那反过来说，精确的修辞和比喻是不是就是在做这种努力呢？我们掌握更多的、更不同的语言方式是不是就能更好地理解了这个世界？对于一个刚刚习诗不久的我来说，语言就是一个巨大的力场，像是一个巨大的圆，我就在圆的环形曲线上，在边界上，在一个动态的相对距离中，看见那紧张的内部，也看见无限的外部，在这里，在同时具有向心力与离心力的力量中：紧张地旅行。

我想起某位老师对我诗歌写作的一个讨论：关于诗歌中想象的逻辑与生活逻辑的关系？我认为诗歌不是对生活的模拟，不是对经验的完全再表现，而应该是从有到无的一种延伸，就像在"巨大的圆"的边界上移动，既在内部，也在外部。如我一首诗《慢诗》中，我通过对"我们坐在公园的长椅上剥橘子"这一现实现象展开联想，在语言中重建空间，让每一个人通过语言的大门进来，看见这画面奇特的装饰。"橘子"就是这个空间的中心，它用巨大的力量牵引着我们，让我们在这个环境里紧张地旅行，每个词就像那"危险的老码头"，我们短暂的造访只为最后更好地回到现实中来。而在此，"慢诗"中的"慢"正是想做到在这样旅途中"小心翼翼"，我试图通过这种"小心翼翼"来较低语言速度，让这样的现实场景因着这想象空间的介入而被无限地增大与延长。这是超出生活本身的逻辑，而在语言中它是成立的。

维特根斯特说："想象一种语言，就是想象一种生活方式。"语言不仅让我们在未知的虚构场景里畅游，同样能轻易唤起我们整体的过去。当我写下"橘子"，我想它代表的已经不是我刚刚看见的那只橘子了。现在，它是我们曾经看见的关于它的总和，在所有文学史中的"橘子"的总和，是所有遗落下来的关于它的再呈现（它所代表的关于"爱"的意义等，前辈诗人写过"橘子"的句子等）；又一次，语言深深地把它和我们在这张巨网中紧密连在一起。但诗人总是不安的，不会在这张固定的语言之网中一劳永逸地生存下去，他/她冒险的天性渴望新奇的东西，总希望把那些稳固的线条割断，去抓新物体，我们就是语言的追捕者和收集者。相信马雁说的是对的："发明词语者，发明未来。"

于此，我再次感谢各位老师、诗友，希望大家多多批评。Z

诗学观点

□杨子 / 辑

●**李章斌**认为在现在这个诗歌的网络化时代，尤其是在现代汉语诗歌越来越趋于口语化乃至口水化的当下，重提诗歌的音乐性的论题不仅不是多余，而且显得十分迫切。因为目前日趋泛滥的口语化诗歌已经威胁到了现代汉诗作为一种文体的合法性：如果说几句分行的口语就是"诗歌"的话，那么把我们平常说的大白话分行抄下又何以不能说是"诗歌"？类似这样的质疑要求我们寻找诗歌真正区别于日常话语的特质，并再次回到其真正的内核中去，而音乐性无疑是这个内核的重要组成部分。

（《多多诗歌的音乐结构》，中国诗歌网，2017 年 5 月 22 日）

●**一行**认为在某种意义上，中国新诗的历史可以被看成是一部比喻的进化史：比喻的技艺在新诗的演变过程中不断地得到丰富、拓展和更新，并依据历史时代的变迁而获得其不同的形态和样式。尽管和生物学上的进化一样，这一过程并不是直线性的从简单到复杂、从低级到高级的运动，而是大多数时间处于停滞状态，还经常以退化的方式来适应变更了的环境（例如寄生虫）。但对我们来说，历史中有意义的东西仍然是那些产生出更加复杂、精密的新物种或亚种的过程。

（《比喻的进化：中国新诗的技艺线》，中国诗歌网，2017 年 5 月 10 日）

●**陈先发**认为所有成熟的写作都跟一种自觉的困境意识相关。以诗之眼，看见并说出，让日常生存所覆盖的种种困境在语言运动中显现出来，让一代人深切地感受到其精神层面的饥饿——正是真正的写作所应该承担的。诗学就是心学。无论科技或现实之力如何突破想象的边界，一颗感通天地而游于万物的心是无可复制的。心性与性灵，不仅是语言的源起，也会是语言创造的最美果实，更是人以其卑微来对抗虚无的最后手段。所以，成为更内在的人，仍然是诗学上永不会终结的理想。

（《"诗学就是心学"》，《南方都市报》，2017 年 5 月 10 日）

●**欧阳江河**认为诗人通过时间的重叠和诗意的复活，从而制造出一种少数人的"半神"语言。"半神"的语言，即意味着诗歌是存在意义上的对世界的命名。未经诗歌命名的事物只具有专业意义的名字，而在诗意公共性的领域中依旧无名。由于诗歌以人最基本的存在状态为对象，所以诗歌是人认识生命，命名生命的方式，也即人存在的一种方式。而只有通过"少数人的语言"，这一存在方式才能得以确认。

（《用诗歌为共同时代"招魂"》，金羊网，2017 年 5 月 10 日）

●乔延凤认为诗歌的本质是抒发情感，能够打动人心、让人们的精神得到升华。诗歌是很了不起的，是讲究情感意蕴的，具有一定的"模糊性"，初读不一定明白，需要反复品味，仔细领会。我曾多次谈过诗歌的语言问题，我很反对"口语入诗"，诗歌语言与口语是不同的，不是一回事，诗歌语言不仅仅是书面语，而且是文学语言，文学语言具有独创性和凝练性，作家、诗人的个性，都充分体现在他的文学语言里。

（《诗歌给人们带来更多的精神价值》，中国诗歌网，2017 年 4 月 25 日）

●小海认为真正的读者，审美总是自私的，虽然对任何一部作品来说，寡淡无味不行，趣味总是必须的，但趣味也不见得都是通则。趣味，一般来说，是探究意味的形式，也是艺术家体己的一种自恋方式。中国文人式的传统趣味，是修养上的，是性情上的，可以是儿童般天真浪漫的，可以是老僧入定般枯索淡泊的。文人之间的感怀与喜好，体现了个人性情色彩和审美上的专制独断，一方面可以互为镜像，另一方面也可以互相感通。

（《先锋的写作，造就先锋的读者：车前子诗歌阅读指南》，《文学报》，2017 年 3 月 9 日）

●范剑鸣认为从实际的业绩来看，现代新诗肯定远远超过了同时进行的旧体诗歌，只是这个事实旧体诗歌写作者是多数看不见的，因为现代新诗的写作者能够轻松地理解旧体诗，无论是古典的还是当代的，反过来，旧体诗的写作者大多数难以理解汉语现代诗歌，以至于发出了"新诗脱离人民、自绝于人民"的好心预警，甚至以得汉语诗歌"衣钵真传"而自居，对新诗的成就完全无法体认，就像井蛙无法看到高天之上的境界。

（《诗意较之谁短长 ——新旧体汉诗的互质与互证》，诗生活网，2017 年 4 月 1 日）

●陈仲义认为最高的诗是存在之诗。存在就是场。最高的诗是将一切：道、经验、思想、思考、意义、感悟、直觉、情绪、事实、机智，都导向一个"篇终接浑茫"的混沌之场，气象万千，在那里读者通过语言而不是通常的行为获得返魅式的体验。在存在之诗中，语言召唤，是自在、自然、自为的。其次是机智之诗，机智之诗是语言游戏，其最高形态是解释、理解、分析、认识世界。机智之诗是可以想出来的，它是一种构筑，在诗里面，惟机智之诗可以习得。

（《现代诗接受的"品级坐标"》，《江汉学术》，2017 年第 1 期）

●张大为认为诗和哲学之间的争执，从更深层动因上讲，是一种自我排斥和"自我退出"机制，而成为事实上的对于对方的护持和召唤："诗""思"之争，恰恰是要召唤对方的存在成为存在，以便在生存世界的内部，为人类操劳。当然，诗和哲学最终谁也没有驳倒谁，而成为应和着西方文化传统的内在张力的生存世界和生活方式的范型——它们分别对应着以价值皈依或按自然理性的方式来生活，这其中撑起的是西方文明的宏大格局。

（《通向诗歌的"文化"心智》，《文学自由谈》，2016 年第 5 期）

●哑石认为新诗的所谓本质，不是先验地被某种优势理论所规划，而是在一代代诗人手中生成并逐渐开阔；那些优秀诗人的嗓音，正是在与时间的对话与博弈中，镌刻出了新诗那"纯洁一个种族的语言"的伦理及美学面目。当下全球语境的资本逻辑和信息技术爆炸，裹挟着地方性文化深刻的撕裂，不仅考验着现实荣枯中个体的人性，也具在地考验着汉语新诗触须的灵敏性，以及自我塑形的心智。也许，这种考验，将长期存在，它需要我们这些从业者，放下个我成见，更谦卑地锤炼语言内部强韧的有效技艺，繁灿不必自谓开新，逞灵亦需界限自警，捭阖沉着，以对称于精神生活的真实处境。

（《新诗在一代代诗人手中生成并逐渐开阔》，星星诗刊微信公众号，2017 年 5 月 8 日）

●马骥文认为许多同代诗人的写作如果欠缺某种鲜明的个人特质与自省，就会不可避免地容易陷入同质化的境地。许多诗歌"新手"一出手就写得面目"华丽"，不管在意象还是辞藻上均有不错的运用，尽管这是十分必要的训练与实践，但如果大家都停留于这样的写法，则不免让人觉得枯燥与单调，觉得在那些密集、纷繁的词句背后，其实掩藏着一个干瘪或匮乏的创作主体。

（《论同代人的诗歌写作》，诗刊微信公众号，2017 年 5 月 15 日）

●科恩认为使用典型的与某些特定场所、时间或情感相关联的语言可以自然地唤起一些话题。但有时候，这类总是不出人预料的"恰当"用语会让人感到陈旧不堪，给人陈词滥调的感觉。在这种情况下，寻找那些超出了经典关联、超出了读者的期待，让人感到惊异的词语，是一件妙趣横生的事。想要在任何诗中都能找到那种最好的语言，最好的方法就是试验，再试验更多。

（《诗的信号：吸引你的真正主题》，星星诗刊微信公众号，2017 年 4 月 13 日）

●吕进认为从诗歌传统来讲，公共性是中国诗歌的民族标志。对于诗歌，没有新变，就意味着式微。但是如果细心考察，就不难发现，在一个民族诗歌的新变中，总会有一些有别于他民族的恒定的艺术元素，这就是民族传统，这是诗歌的"变"中之"常"。循此，可以更深刻地把握传统诗歌——发现古代作品对现代艺术的启示；可以更准确地把握现代诗歌——领会现代诗篇的艺术渊源；可以更智慧地预测未来——在变化与恒定的互动中诗的大体走向。

（《百年现代诗学的辩证反思》，《江汉论坛》，2017 年第 1 期）

●范云晶认为现代汉语诗歌最核心的本体问题仍然是语言问题。语言关乎存在，更是文体的根本。任何思想、见地、观念、哲学皆依赖语言这一重要载体生成、表达与传达。与社会学、文化学、接受美学、传播学等其他外部研究相比，直接面对基本元素——语言，可以更有效地探入现代汉诗内脏，触及问题与要害。现代汉语中最小的、能够独立运用的、最具活力和无限可能性的语言单位是"词"。词语功能的变化集中体现出现代汉诗语言范式的变革。

（《想象"春天"的不同方式——古典汉诗与现代汉诗"词"之差异论》，《长沙理工大学学报（社会科学版）》，2017 年第 1 期）

●郭鹏认为由"学诗"而"诗学"是我国古代诗学甚至是文学理论的内在发展与演进轨迹，也是古代诗学学理的根柢与基础。它绵延至今，既形成了民族化的诗学理论传统，又规约着未来，引领着诗学今后的走向。我国古代诗学重实践、可授受，不务空泛，不钦虚无缥缈的传统诗学特质由此生成并逐渐壮大。在我们探寻古代诗学的内在学理与发展脉络的时候，找准关键，才能提纲挈领。

（《由学诗而诗学——中国古代诗学内在演进理路与基础学理》，《中国社会科学报》，2017 年 2 月 13 日）

●谢羚毓认为西方诗人更偏爱直抒胸臆，认为心中有爱，就值得大胆表达，同时认为被爱是幸福的，社会鼓励这种爱的表达方式，故读者可以直接地感受到西方爱情诗情感的强烈与炙热。他们认为爱是一种体验，主体应该充分发挥主观能动性，跟随自己内心，用直接的方式感受炽烈的爱。含蓄是中国传统文学的特点，爱情诗也不外如是。为了理解隐藏的情感，每一句每一字都需细细品味，从而读者可体会其中深沉的爱。同时中国爱情诗是委婉的，更注重景物描写，诗人的情感就蕴藏在意象中。

（《浅析中西方爱情诗表达方式的差异》，《佳木斯职业学院学报》，2017 年第 1 期）

●赵世英认为人物是文学作品中的主要意象，甚至在诗歌中也是如此。有的直接刻画人物的外貌、衣着各种，以此彰显人物性格；也有的借人物描写抒发时光易逝，感怀悲伤之感；还有的用人物描写衬托出家国沦丧，描写一种爱国情怀。诗歌中，可能一句就能勾勒出一个人物，但其意蕴深厚，往往是作者用心勾勒出自身的真实写照的形象，所以对人物意象的翻译需要把握。

（《诗词中文化意象英译赏析》，《海外英语》，2017 年第 3 期）

●金新利认为作为"五四"启蒙思想核心的民主与科学，促进了现代中国新知识系统的形成，这种基于自然科学的知识系统在文学创作、社会思潮等领域发生泛化，对中国诗歌的现代变革产生了巨大影响。科学对传统诗歌的思维结构和思维程式产生激烈冲击，传统诗歌思维重直觉感悟、重整体辩证的思维程式被重客观、量化、理性、实证的新方法所取代，表现在思维形式上由以情为主转为知性重理，在思维导向上由尚虚为显到尚实为显，在思维过程上由字思维过渡到句思维，共同展现出古代诗歌思维方式的现代性变革与转向。

（《科学与中国诗歌思维方式现代变革》，《华中师范大学学报（人文社会科学版）》，2017 年第 1 期）

●师中华认为诗歌是文学的皇后，诗歌教学是初中阅读教学的重中之重，如何在课堂上提高诗歌教学的效率已经成为当务之急。在长期的阅读教学实践中，他认为通过提高课堂提问的有效性，可以激发学生学习诗歌的兴趣，优化诗歌课堂教学。教师要深入钻研诗歌，精心设计问题，以问题为主线，通过联想和想象，指导学生欣赏诗歌，再造诗歌意境，感悟诗歌意蕴，提高学生的文学素养。

（《探究诗歌教学中有效提问的策略》，《教学研究》，2017 年第 14 期）

●谭五昌认为进入二十一世纪以来，随着中国社会多元文化格局的生成与定型，加上网络诗歌的出现，特别是近些年新媒体诗歌的流行，对传统纸媒诗歌造成巨大的冲击，传统的诗歌格局发生了革命性的变革与重组，既有的权威秩序被打破了，新的秩序尚在建构之中。于是，当下的诗歌写作在语言风格、表现手法、题材取向、美学形态等方面也相应呈现出极为鲜明的丰富性与驳杂性。一句话，多元化格局已经成为新世纪中国新诗的美学主潮。

（《百年新诗的光荣与梦想》，《当代文坛》，2017 年第 3 期）

诗歌好时节
——故缘夜话七十七弹

□ 李亚飞

处暑已过去一周有余，加之最近"天鸽"助阵，疾风驱急雨，残暑扫除空，江城似乎也没有感受到"秋老虎"的厉害。在恰逢全国中小学开学日的傍晚，编辑会如约在卓尔书店的"故缘"召开。

"延高公务在身，一直未回武汉，我和他电话商量了一下，如果时间允许的话他用手机视频参加会议，或者说我们到时候将开会讨论的结果跟他一一沟通。"谢老师推门进入"故缘"快语道。

"这是延高先生历史上的第一次缺席啊！虽然他不能来，但是我还是得担负起主编的职责。"阎志调侃道。

文本相关

"本卷的头条写的是关于女性问题和女性主义？"阎志边说边拿起手边的九卷样书翻看。

"我认为后面的一组诗歌写得更有意境、更能让人思考，是否考虑将这后面的诗歌放到前面，再从来稿中选择一组诗歌来替换第一组诗歌，这样开篇思想意境更好些？我保留我的意见，还是换稿合适些。"阎志提出建议。

"好吧，头条诗稿我已经发给了车延高，听听他的意见。"谢老师回应道。

"真是抱歉，学校开学，有好多事情要处理，所以来晚了。"邹建军快人快语道。

"邹老师看看这卷的头条，有没有什么意见。"谢老师将九卷样书递给邹建军。

"我之前仔细看过，其实笔触还是很细腻的，但是作品质量参差不齐。"邹建军说道。

"呦，现在大家的意见不一致，那就等延高看后再来统一意见，我们要充分发扬民主精神。"阎志笑着说道。

一会儿，车延高发来了视频，谢老师问他关于头条的意见，车延高些许犹豫，但他还是说："这组诗作为头条发出来不太合适，能否换一下？"

"不想你的意见和阎志的意见大体相同，那就换吧。"谢老师回答。

"我想跟邹老师提个建议，十一卷的'诗评诗论'，论文是不是要围绕新诗百年得失展开，有深度，有观点，在新诗发展百年的节点上阐述下我们《中国诗歌》的看法，你意下如何?"谢老师跟邹建军探讨起《中国诗歌》十一卷的稿件。

"感谢谢老师认真审稿,你的意见是对的,我再看看,提出修改意见。"邹建军坦然地说。

现场敲定武汉诗歌节

"现在已经是 9 月,武汉诗歌节的相关事项今天都定下来吧?"谢老师率先发问。

"时间遵循上次讨论的结果,尽量不要更改,要有原则,除非是重大事项。"阎志斩钉截铁道。

"那好,那闻一多诗歌奖的评委呢?还是上次讨论的结果?"编辑朱妍问道。

"对,不更改。"阎志再一次重申自己的意见。

"那我现在立刻联系他们,现场就定下来。"谢老师掏出手机逐一跟刚敲定的评委打邀请电话……

"关于诗歌节,大家还有没有其他的想法?"阎志向众人询问。

"今年诗歌节上具体的活动有哪些?"编辑李亚飞问道。

"诗画展开幕式、'新发现'夏令营开幕式、诗人面对面、'诗漫江城'音乐会……跟去年相差无几,但是要更有新意一些,要引人入胜。"

"上次编辑会讨论的关于百年百人诗歌选,现在怎么定?"谢老师接着问。

"这件事社会各界关注度较高,我们讨论了几次都没有统一意见,还是暂缓吧。"阎志回答道。

关于《汉口商业简史》

"对了,我有本书要送给大家。"阎志快步走到书柜旁拿了几本《汉口商业简史》,"这是我主编的,原本只是为卓尔创办的汉口商业博物馆做的一本展览大纲,后来想将'展览大纲'扩充下,编写成一本小册子,用于博物馆导览,便于观众、读者、游客对汉口商业有个更全面的认识。再后来,在冯天瑜先生的指导下,初稿完成后我增改了很多次,这本书历时三年终于得以出版,刚刚举办了新书发布会。本书从商城盘龙谈起,到汉口开埠、汉正复兴,再到'两通'起飞,还着重描写了我们汉口北呢!"

"我粗略地翻了一下,这本《汉口商业简史》,不仅有史料价值,还有文献价值!"谢老师点头称赞道。

"我也有书送给大家,这是我写的十四行诗。"邹建军也从包中掏出新书送给在座的每一位。

"谢谢两位老师!"大家喜滋滋地从阎志、邹建军手中接下了这份初秋的礼物。

夜微凉,人已倦,在初秋的夜晚谈诗也不失为一件人间美事。茶水续过一遍,本次的编辑会也接近尾声。祝愿大家无闲事挂心头,初秋便是好时节!

荔乡的粉红

春天里有雨水，荔枝树有火焰
无论寒冷还是温暖
无论发芽，还是结果
都是春天里
值得珍存的美好情节

开过了的花，正在努力再开
爱过了的爱，正在
将爱进行到底
朋友啊，请相信
春天的温度，相信
生活的粉红

在春天风憔悴的夜晚
我们要像荔枝树下的河流
孤独而坚韧，柔软而汹涌

荔枝新熟鸡冠色
烧酒初开琥珀香
欲摘一枝倾一盏
西楼无客共谁尝

丁酉夏

《荔枝花开》/赖廷阶

《逢入京使》/岑参

长安回望绣成堆
山顶千门次第开
一骑红尘妃子笑
无人知是荔枝来

丁酉夏日魏兴华

《过华清宫绝句三首》之一/杜牧

《重寄荔枝与杨使君》\白居易

《荔枝》／徐夤

《重寄荔枝》／白居易

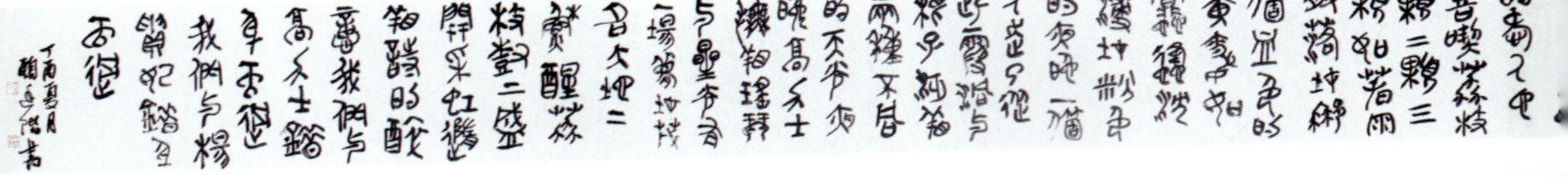

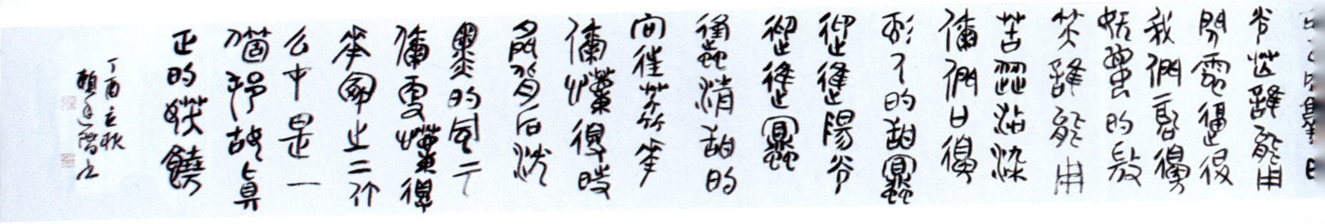

《霞洞怀古》/赖廷阶

《一个村姑真正的妖娆》/赖廷阶

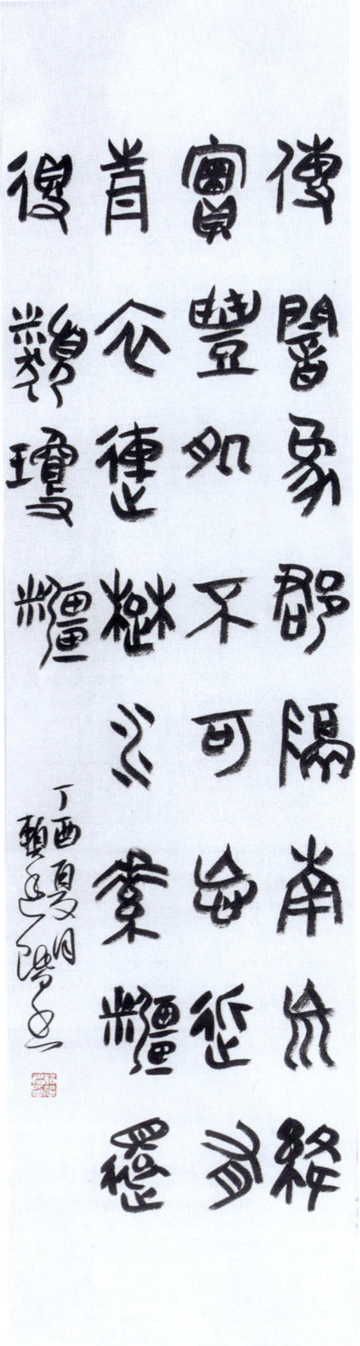

《忆荔枝》/薛涛

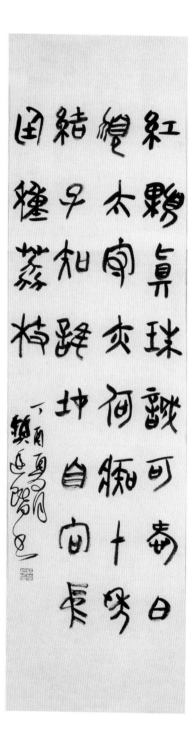

《荔枝》\戴叔伦

柈蠡乙徙南藜用糯
醉空徙洺出霜巒山
蹑睁粗煌播拜衷湮
盭繁越玉

丁酉夏月
趙□□

南村諸楊北村盧

白華青葉冬不枯

垂黃綴紫煙雨裡

特與荔枝為先驅

《四月十一初吃荔枝》苏轼

《荔枝》\徐夤

海山僊人絳羅襦，紅紗中單白玉膚。不須更待妃子笑，風骨自是傾城姝。

丁酉首夏月頤盦陶書

《四月十一初吃荔枝》／苏轼

清心为治本，直道是身谋。秀干终成栋，精钢不作钩。仓充鼠雀喜，草尽兔狐愁。史册有遗训，无贻来者羞。

丁酉暮月 赖廷阶 书

《书端州郡斋壁》\包拯